Hermann Harry Schmitz

Buch der Katastrophen

Hermann Harry Schmitz: Buch der Katastrophen

Erstdruck: Leipzig, Kurt Wolff, 1916

Neuausgabe
Herausgegeben von Karl-Maria Guth
Berlin 2017

Umschlaggestaltung von Thomas Schultz-Overhage

Gesetzt aus der Minion Pro, 11 pt

Verlag: Henricus - Edition Deutsche Klassik GmbH
Mörchinger Str. 33, 14169 Berlin, info@henricus-verlag.de
Druck: Libri Plureos GmbH, Friedensallee 273, 22763 Hamburg

ISBN 978-3-7437-0214-1

Bibliografische Information der Deutschen Nationalbibliothek

Die Deutsche Nationalbibliothek verzeichnet diese Publikation in der Deutschen Nationalbibliografie; detaillierte bibliografische Daten sind im Internet über www.dnb.de abrufbar.

Inhalt

Von Menschen und Menschen 4
  Aus einem rheinischen Städtchen 4
    Turbine Muhlmann 4
    Das Elslein von Caub 8
  Der gute Mensch 10
  Onkel Bogumil trinkt 15
  Die Bluse 19
  Vom treuen Leser 25
  Lillichens Verlobung 30
Von Menschen und Tieren 39
  Der Tierfreund 39
  Die vierbeinige Gefahr 44
Von Menschen und Kunst 54
  Theater 54
  Der interessante Kopf 60
  Beethoven 64
  Das Denkmal Noahs 71
Von Menschen und Maschinen 78
  Wie ich mich entschloß, auf den Händen zu gehen 78
  Die Diva und die Notbremse 85
  Umzug 91
  Das neue Auto 99
Von großer Einsamkeit 106
  Feine Gesellschaft 106
  Hitze! Hitze! 113
  Drei Fabeln ohne Moral 117
    Der Fuchs und die Trauben 117
    Der Hahn und der Wurm 118
    Die Rangierlokomotive und der Prellbock 119
  Der Mann mit dem verschluckten Auge 120

Von Menschen und Menschen

Aus einem rheinischen Städtchen

Turbine Muhlmann

Als wir am 30. September, morgens, aus dem Gasthaus »Zum Turm« traten, war ganz Caub beflaggt.

»Aha, wegen Sedan«, meinte Toni Bender, der nicht gern lange über etwas nachgrübelte.

»Sedan ist doch am 2. September«, belehrte ich ihn.

Ich studiere nämlich peinlich genau alltäglich den Abreißkalender, das ist zur wahren Manie bei mir geworden. Auf diese Weise sind mir die historischen Daten ziemlich geläufig.

Ich rekapitulierte: »30. September Todestag des Schlachtenmalers Franz Adam und des bekannten Chirurgen B. von Langenbeck und Geburtstag der Johanna Sebus.«

»Es wird wegen der Sebus sein«, reflektierte ich, »die hat sich ja um die Rettung aus Wassersnot verdient gemacht. Das wird schon so sein, daß man die hier in Caub, wo sich alles um die Schiffahrt dreht, feiert.«

»Mußt ja immer alles besser wissen«, sagte Toni; »von mir aus können sie auch wegen Johanna Sebus geflaggt haben. Uns kann das aber auch völlig gleichgültig sein. Mir wenigstens ist es furchtbar egal.«

Schweigend gingen wir nebeneinander her.

Eigentlich wollte es mir doch nicht so recht in den Kopf, die Sache mit der Johanna Sebus. Man hätte doch schon mal irgendwie ihren Namen in Verbindung mit Caub hören müssen.

Meine Gründlichkeit ließ mir keine Ruhe.

»Du, Toni, in welchen Beziehungen mag Johanna Sebus denn eigentlich zu diesem Städtchen gestanden haben?«

»Ihr Bruder war mit Blücher zusammen auf Quinta«, suchte Toni Bender die Frage abzutun, »und Blücher ist doch der Stadtheilige hier.«

Davon hatte ich noch nie gehört und äußerte einigen Zweifel dieser Behauptung gegenüber.

Toni Bender wurde die ganze Angelegenheit riesig lästig.

»Immer deine Spitzfindigkeiten, die stehen mir schon am Hals heraus«, grollte er.

»Ich möchte das doch gerne wissen; ich werde jemand fragen«, entschloß ich mich.

»Wirst dich nett blamieren mit deiner Ignoranz«, nörgelte Toni weiter; »ich wüßte aber auch wirklich nicht, was mir annähernd so gleichgültig wäre, wie die Frage, warum heute hier geflaggt ist.«

Der Steuermann Jonas Rüderke kam uns entgegen. Den fragte ich.

Er war im höchsten Grade erstaunt: »Na, das wissen Sie nicht? – Frau Turbine Muhlmann hat heute Geburtstag.«

»Ach ja, natürlich«, verstellte sich Toni Bender; »ich habe es dir ja direkt gesagt«, wandte er sich an mich.

»Da hast du dich mal wieder nett blamiert«, fuhr er fort, als der Steuermann weg war.

Beklommen schwieg ich. Turbine Muhlmann – davon hatte ich noch nie gehört. Ich strengte mein Hirn vergebens an. Sollte ich, der ich mir wirklich mit Recht auf meine Datenkenntnis etwas einbilden konnte, hier versagen?

Ich mußte mir Luft machen.

»Du weißt hoffentlich jetzt wenigstens, wer Turbine Muhlmann war«, suchte ich Toni Bender zu verblüffen.

»Natürlich. Die geistvolle Erfinderin der Sommersprossen«, bekam ich prompt zur Antwort.

Ich schwieg wütend und kaute an meiner Zigarre.

»Entschuldige, ich glaube, ich habe mich vertan«, begann Toni Bender nach einer Weile mit dem harmlosesten Gesicht von der Welt; »Frau Muhlmann war die wackere Vorkämpferin der Kniebeuge.«

»Ich verbitte mir diesen Quatsch!« schrie ich ihn wütend an.

»Wie kann ich nur so vergeßlich sein. Du hast recht, unwillig zu sein. Ich habe das verwechselt. Frau Muhlmann war die talentvolle Erfinderin des kleinen Einmaleins«, fing Toni wieder an mit sachlich gerunzelter Stirn.

Ich boxte ihn unter das Kinn.

Er trat mir gegen das Schienbein.

Es gab einen Mißton in unserer Freundschaft. Wütend ging jeder einen anderen Weg.

Die Turbine Muhlmann ging mir im Kopf herum. Sie mußte doch eine historische Person sein, wenn eine ganze Stadt ihretwegen Flaggenschmuck anlegte.

Ich fragte noch etwa zwanzig Leute, denen ich begegnete, natürlich höchst diplomatisch – ich wollte mir doch keine Blöße geben –, konnte aber nicht mehr erfahren, als das, was mit Jonas Rüderke gesagt hatte.

Ich betrank mich, so ärgerte mich diese Geschichte, und schlief dann bis zum Abend.

Am Stammtisch im »Turm« traf ich abends wieder mit Toni Bender zusammen. Er lachte mich freundlich an. Ich schnitt ihn.

Die Schiffahrt gab dem Stammtisch seinen Charakter. Ein kunstvoll gearbeiteter Anker aus Messing lag in der Mitte. Die Kapitäne und Steuerleute trafen sich hier. Alles famose, liebe Menschen.

Über berufliche Dinge und Tagesfragen wurde debattiert. Eine gewisse Hitze oder Leidenschaftlichkeit, die sonst im allgemeinen derartigen Stammtischunterhaltungen anhaftet, kam hier nicht so recht auf, denn meistens war schon spätestens um halb zehn Uhr die Mehrzahl der Mitglieder der Tafelrunde eingeschlafen. Es kam sogar vor, daß Toni Bender und ich allein als letzte Überlebende am Tisch saßen.

Bis elf Uhr blieb man in der Regel so angeregt schnarchend beisammen, dann rieb man sich verwundert die Augen, trank seinen Schoppen leer und ging höchst befriedigt von dem unterhaltsamen Abend auseinander.

Ich wandte einmal schüchtern ein, daß es sich doch eigentlich zu Hause viel bequemer schlafen lasse. Da kam ich aber schlecht an. Man wolle auch seine Zerstreuung, sein Vergnügen haben, wenn man den ganzen Tag, von morgens um vier Uhr ab, hart gearbeitet habe. Das leuchtete mir ein. Warum man aber auch schon so früh anfange? Die Schiffe könnten doch auch zu einer anständigen Zeit, vielleicht so gegen elf Uhr, abfahren, bemerkte ich. Davon verstünde ich nichts, hieß es.

An dem Abend von Frau Muhlmanns Geburtstag war der Stammtisch sehr gut besucht. Es ging lebhafter zu als gewöhnlich.

Man sprach allgemein von dem Geburtstagskind. Am meisten aber Toni Bender. Er finde diese einheitliche Flaggenkundgebung für diese verdiente Frau wirklich im höchsten Grade sympathisch. Er trinke auf das Wohl der Jubilarin und der Cauber Bürger, die so solidarisch in solchen Fragen zusammenhielten. Unverschämt feixend schaute er zu mir herüber.

Man wollte auch von mir hören, wie mir diese Kundgebung gefiele.

»O, gut, ich finde das wirklich wohltuend«, erwiderte ich vor mich hinblickend.

Ich saß wie auf glühenden Kohlen. Mein ganzes Prestige wäre zum Teufel gewesen, wenn man gemerkt hätte, daß ich keine Ahnung davon hatte, wer diese bemerkenswerte und sehr gefeierte Turbine Muhlmann war.

Toni Bender, dem Halunken, war meine Verlegenheit nicht entgangen, und er wußte, wenn sich das Gespräch einem anderen Gebiet zuwenden wollte, es immer wieder krampfhaft auf die Muhlmann zu bringen.

Ich hielt es nicht länger aus. Unter irgendeinem Vorwand drückte ich mich und kehrte erst nach elf Uhr in den »Turm« zurück.

Nur noch der Wirt war auf. Der mußte mir Aufschluß geben über diese rätselhafte Muhlmann.

Ich lud ihn zu einer Pulle Cauber Pfannstiel ein.

Aus der einen Flasche wurden fünf. Als ich wankend sehr spät mein Zimmer aufsuchte, wußte ich noch immer nicht, wer Turbine Muhlmann war.

Ich habe tagelang die Menschen gemieden, mich scheu verkrochen. Meine Unwissenheit lag wie etwas sehr Schweres auf mir. Das Gespenst dieser mysteriösen Turbine Muhlmann verfolgte mich überall hin.

Dann habe ich mir ein Herz genommen und bin offiziell auf die Bürgermeisterei gegangen.

Ich habe den Bürgermeister gebeten, mir Einsicht in das städtische Archiv zu gestatten, unter dem Vorwand, daß ich die Absicht hätte, ein Werk zu schreiben über historische und legendäre Persönlichkeiten, die in irgendeiner Weise mit der Stadt in Berührung gekommen. So fehlten mir u. a. noch einige Daten aus dem Leben der Turbine Muhlmann.

Der Bürgermeister schaute mich verwundert an. »Die Urkunden und Chroniken stelle ich Ihnen recht gern zur Verfügung«, sagte er, »aber über die Frau Muhlmann werden Sie darin nichts finden. Das ist doch die Schwiegermutter vom Turmwirt, die vor einigen Tagen ihren 80. Geburtstag gefeiert hat!«

Ich machte ein recht dummes Gesicht und stotterte verwirrt heraus: »Ja, aber alles hatte doch geflaggt wie an einem patriotischen Festtag.«

»Ja, das ist hier so Brauch. Die Flaggen sitzen locker. Die Muhlmanns sind eine alte, weitverzweigte Cauber Familie«, belehrte mich der Bürgermeister. –

Ich weiß nicht, ob Toni Bender von meiner Blamage gehört hat.

Er fragt mich von Zeit zu Zeit mit dem unschuldigsten Gesicht, ob ich nicht zufällig wisse, ob Blücher nicht zur Turbine Muhlmann in irgendeinem verwandtschaftlichen Verhältnis gestanden habe. –

Ich rede dann immer einige Tage nicht mehr mit ihm.

Das Elslein von Caub

Ich habe hier meine kurzsichtige Tante Anisplätzchen Wilbert zwei Tage zu Besuch gehabt.

Am ersten Tag ging ich mit ihr zum Blücherdenkmal. Kopfschüttelnd blieb sie eine Weile schweigend davor stehen. Dann sagte sie, sie finde die Auffassung des Bildhauers immerhin merkwürdig. Aus dem Kostüm werde sie vor allem nicht so recht klug. Der Kopf gehe ja, die Züge seien von einem außergewöhnlichen Liebreiz.

Ich guckte sie groß an. So konfus hatte man den famosen Marschall Vorwärts noch nicht kritisiert.

»Das ist doch ein sehr verständliches Monument«, warf ich ein.

»So, findest du? Ich kann mir nicht helfen«, beharrte Tante Wilbert, »ich habe mir das Elslein von Caub anders vorgestellt.«

»Das ist doch das Blücherdenkmal«, belehrte ich sie.

»Ach so, warum hast du das nicht gleich gesagt?«

Fast jedes Nest am Rhein hat seine Reminiszenz an einen deutschen Dichter. Meistens nehmen Gasthäuser für sich die Ehre in Anspruch, daß gerade ihr Wein oder ihre Wirtin einstens die Anregung zu dem oder jenem bekannten Gedicht gegeben habe.

Häufig wetteifern mehrere Prätendenten um dieselbe Ehre.

In Königswinter gibt es eine Wirtschaft »Zum kühlen Grunde« und eine andere »Zum wirklichen kühlen Grunde«. Wie ich höre, soll noch ein dritter Wirt den kühlen Grund für sich in Anspruch nehmen und sein Lokal »Zum amtlich beglaubigten und privilegierten kühlen Grunde« nennen.

Original-Lindenwirtinnen, Original-Mädchen von Stolzenfels usw. gibt es massenhaft hier am Rhein. So sagt wenigstens Toni Bender, der sich darüber ärgert, daß die Dichter gerade gut genug sind, um als Aushängeschild für spekulative Hoteliers zu dienen.

Toni Bender ist und bleibt ein Nörgler. Auch geriet er in Wut, als ich ihn nach dem Elslein von Caub fragte.

»Nicht weniger als vier behaupten, das echte Elslein von Caub zu sein«, sagte Toni Bender, »davon heißt eine Mathilde, die scheidet mal sofort aus. Die zweite hat die Gicht, die dritte wiegt 280 Pfund und die vierte ist vor einigen Tagen Großmutter geworden. So viel Phantasie kann ich nicht aufbringen, in diesen Matronen, so rüstig sie auch sein mögen – selbst wenn sie die Tradition auf ihrer Seite haben –, das im Cauber Nationallied gepriesene Elslein von Caub, die »Schönst' im ganzen Reich« zu sehen. Ein Elslein von Caub, an das ich glauben soll, muß einen roten Mund zum Küssen haben und mit den blitzenden Augen der siegenden Jugend in die Welt lachen. Dann braucht sie von mir aus nicht einmal Else zu heißen!«

»Das ist ja Quatsch«, warf ich ein, »ein Elslein von Caub kann nicht Marie oder Stina heißen. Das ist meines Erachtens die Hauptbedingung.« –

Es war mir aufgefallen, daß Toni überall von den bezüglichen Wirtstöchtern mit einer außergewöhnlichen, direkt verblüffenden Liebenswürdigkeit behandelt wurde. Sämtliche Backfische Caubs schienen für ihn zu schwärmen. Ich, der ich doch viel schöner war als er, wurde fast gar nicht beachtet, so große Mühe ich mir auch gab. Ich wechselte geradezu beängstigend häufig meine Krawatte, sorgte peinlich dafür, daß die Strümpfe in der Farbe zur Krawatte stimmten, band die Schnürbänder an den Halbschuhen zu höchst graziösen Schleifen.

Ich versuchte als angenehmer Gesellschafter zu glänzen, indem ich Kartenkunststücke machte, launige Schnurren erzählte, eine gedachte Zahl zu raten versuchte, auf einem mit Seidenpapier überzogenen Kamm trompetete, mir die Haare ins Gesicht strich und schwermütige Lieder sang. Ich bot mich an, Garn zu halten oder Ableger von Geranien zu besorgen. Alles umsonst. Es gelang mir nicht, diesen Toni Bender auszustechen.

Ich beschloß, ihn mit einer gewissen Kälte zu behandeln.

Eines Tages erfuhr ich vom wackeren Turmwirt die Ursache von Tonis Erfolgen.

Er hatte es verstanden, sich ein unerhörtes Ansehen zu geben und so nebenbei verlauten lassen, er werde dafür sorgen, daß Caub wieder eine Attraktion in einem einwandfreien Elslein von Caub erhalte.

Das hatte sich bei den ehrgeizigen Backfischen herumgesprochen.

Jetzt ging mir ein Licht auf.

Er hatte eine Schwäche für eine gemütliche, altertümliche Schenke, in der ein braunlockiges Mädel den Wein kredenzte.

Eine ausgeschlissene Steintreppe führte in die braungetäfelte Gaststube.

Wenn Toni Bender sagte, er habe eine wichtige Besorgung zu machen, fand ich ihn stets hier bei der braunen Else. Auch umgekehrt überraschte er mich, wenn ich eine dringende, höchst wichtige Kommission vorgeschützt hatte, sehr häufig hier.

Diese höchst seltene Übereinstimmung des Geschmackes brachte uns wieder näher, und eines Tages, als Toni gerade besonders guter Laune war – er hatte mich erfolgreich angepumpt –, erzählte er mir seinen Plan, das entzückende Wirtstöchterlein hier offiziell zum Elslein von Caub zu stempeln.

Bei einer monumentalen Bowle haben wir in Gegenwart von alteingesessenen Bürgern die Belehnung vor sich gehen lassen. Es fing höchst feierlich im Gehrock und mit wohlgebauten Reden an und endete in einer höchst unfeierlichen Trunkenheit.

Jetzt hat sich plötzlich das Interesse der hiesigen Backfische auch mir zugewandt. Und ich finde das nicht mehr als recht, denn ich bin wirklich schöner als Toni Bender.

Der gute Mensch

Aloys Behnewind war ein guter Mensch, ein wirklich, wahrhaft guter Mensch von einem ausgeprägten, fast krankhaften Altruismus, wie man ihn heute in der Zeit der feindlichen, räumenden Ellenbogen fast niemals mehr findet. Er war Junggeselle und hatte eine festgelegte auskömmliche Lebensrente.

Saß Aloys, der gute Mensch, bei Regenwetter in einer völlig besetzten elektrischen Bahn, so konnte er es nicht übers Herz bringen, sitzen zu bleiben, wenn sich jemand, welchen Geschlechts, Alters oder Standes er auch war, Platz suchend mit verzweifelten Gebärden in den Wagen hineindrängte. Sein gutes Gefühl, seine sensible Höflichkeit zwang ihn, sofort aufzustehen und dem überzähligen Eindringling Platz zu machen.

Eingeengt zwischen den Wällen feindlicher Beine und Knie stand er so eines Tages mitten im Wagen und wurde bei jeder Kurve, bei jedem plötzlichen Halten oder Abfahren durch den Ruck des Wagens hin und hergestoßen. Er trat dabei den Leuten auf die Füße, stieß aus Versehen mit seinem nassen Regenschirm jemanden in den Mund, setzte sich an einer besonders scharfen Kurve unfreiwillig auf den Schoß einer dicken Dame, wo sich bereits ein kleines Mopperl befand, sprang erschreckt und beschämt auf, um sich, von einem neuen Ruck gestoßen, in eine Pflaumentorte, die ein Konditorlehrling vorsichtig auf seinen Beinen hielt, zu setzen. Allgemeines spöttisches Lächeln auf den Mienen der Mitpassagiere. »Tölpel«, brummte ein alter Herr, dem er beim unfreiwilligen Voltigieren durch den Wagen mit seinem nach einem Stützpunkt suchenden krampfhaften Armgeschlage den Hut vom Kopfe hieb. Die alte Dame mit dem Hund schimpfte in häßlichen Ausdrücken, rief nach der Polizei und dem Schaffner. Der Konditorjunge weinte, und alle im Wagen nahmen seine Partei und sagten, Aloys müsse unbedingt die Torte bezahlen. Der Schaffner verwies ihm in strengem Ton, in der Mitte des Wagens zu stehen; er solle sich an die Vordertür stellen. Da war auch ein Ledergurt an der Decke angebracht, an dem man sich hätte halten können, wenn er nicht so schmierig und glitschig gewesen wäre.

Die Stellung an der Vordertür war äußerst quälend. Fortgesetzt mußte Aloys unter Gefahr einer Darmverschlingung den Rumpf im rechten Winkel zur Seite wenden, weil jeden Augenblick der Schaffner durch ein kleines Fensterchen mit einer Klappe, wie sie an Zellentüren in Gefängnissen angebracht sind, den Leuten auf dem Vorderperron Billetts reichte. Jetzt war einer an der letzten Haltestelle eingestiegenen alten Frau mit einem Korbe ihr 50-Pfennig-Stück, das sie krampfhaft zwischen den runzeligen, gichtknotigen Fingern gehalten hatte, gefallen und zwischen die Latten des Bodenbelages geraten. Natürlich war Aloys Behnewind mit seiner guten Seele der erste, der sich bückte, um das entfallene Geldstück zwischen den Latten hervorzuholen. Er blickte sich zu tief und fiel bei einer Kurve vornüber; dabei rutschten ihm seine Zigarren, seine Briefschaften, sein Notizbuch aus den Taschen und verstreuten sich auf dem schmutzigen Boden des Wagens. Auch der Kneifer fiel ihm von der Nase. Dann klemmte er sich, als er mit den Fingern zwischen die Latten faßte, den Zeigefinger und den Daumen ein. Niemand hatte Mitleid mit ihm, im Gegenteil, die meisten feixten höhnisch. Da kam der Kontrolleur in den Wagen, um die Fahrkarten zu revidieren. Aloys konnte natürlich seine Karte nicht finden, sie war ihm bei der Suche nach dem 50-Pfennig-Stück entfallen. Der Kontrolleur forderte mit drohender Ader auf der Stirn die Lösung einer neuen Karte. Aloys hatte dem Konditorjungen seine letzten drei Mark gegeben und war ohne einen Groschen. Er mußte seinen Namen nennen, den der Kontrolleur mit strengem, vorwurfsvollem Gesicht in ein fettiges Notizbuch schrieb. Danach ließ der scharfe Beamte den Wagen auf offener Strecke halten und befahl ihm mit unerbittlicher Miene, sofort auszusteigen, sonst würde er ihm Beine machen. Auf den Gesichtern der anderen Passagiere lag ein Schimmer von vollkommener Befriedigung. »Das geschieht dem Tölpel recht«, sagte jemand.

Es regnete und stürmte, daß es schwer war, voranzukommen. Regen und Hagel schlugen einem um die Ohren. Aloys machte sich entschlossen auf in der Richtung seiner Wohnung, die eine gute Stunde entfernt lag. Einem Herrn, der vor ihm ging, riß ein plötzlicher Windstoß den Hut vom Kopf und zauste den aufgespannten Schirm, daß er umschnappte und im Nu das Aussehen eines verunglückten, abgestürzten Äroplans bekam. Der Hut rollte in der entgegengesetzten Richtung von Aloysens Wohnung wie ein flüchtiger Hase durch den Straßendreck und die Gossen. Schon faßte unwiderstehlich, mit Allgewalt den guten Menschen Aloys die altruistische Manie, und in gewaltigen Sprüngen setzte er dem Hut des fremden Mannes nach. Seine Pelerine schlug sich bei dieser wilden Jagd um seinen Kopf. Er lief mit aller Kraft gegen eine Gaslaterne, daß die Laterne oben abbrach. Eine grünblaue Beule war die Folge dieses Zusammenstoßes. Er befreite seinen Kopf von der Pelerine und rannte weiter dem fremden Hut nach. Tückisch verschlangen sich die Bänder der Pelerine um seine Beine. Er kam im vollen Lauf zu Fall und stieß sich mit dem Schienbein erheblich an dem granitenen Rand des Bürgersteiges. Sein eigener Hut wurde von der Windsbraut gleichfalls entführt. Er stieg wie ein Windvogel in die Luft und blieb an der Dachrinne eines Kirchturmes hängen. Was kümmerte ihn sein Hut? Sein gutes Herz gab ihm ein, zuerst den fremden Hut zu retten. Bald hatte er ihn erwischt, als im selben Moment ein dahersausendes Auto den Hut überfuhr und ihn in ein völlig zerfetztes Filzernes verwandelte. Es stach Aloys weh ins Herz, als er sah, daß seine Aufopferung vergeblich war. Traurig trottete er ohne Hut, mit der Beule als Kopfbedeckung, durch dieses Schweinewetter nach Hause.

Seine Bereitwilligkeit, aller Welt zu helfen, war sein Fluch und brachte ihn fortgesetzt in äußerst unangenehme und peinliche Situationen. Jeden Tag hatte er irgendeine kleinere oder größere Scherereien durch seine Hilfsbereitschaft. Niemand dankte ihm; er war immer der Blamierte. Er sah nicht ein, daß der gute Mensch eben ganz und gar nicht mehr in unsere heutige Zeit paßt.

Aloys hatte einen Bekannten namens Oskar Knieß, ein krasser Egoist, der es nur darauf absah, den guten Aloys auszunutzen. Eines Tages besuchte Oskar den guten Aloys. Natürlich kam er mit einer Bitte. Oskar sprach von einem Mädchen, welches er in Büderich am letzten Sonntag kennen gelernt habe. Genau konnte er sich nun nicht so recht mehr erinnern, wie sie aussah, ob sie hübsch war und was sie anhatte, er war nämlich an dem Tage erheblich betrunken gewesen und entsann sich nur unklar der Maid. Nur das eine wußte er, daß er sie für den nächsten Sonntag eingeladen hatte, um ihr die Stadt zu zeigen. Sie sollte mit dem Zug um elf Uhr kommen und Aloys müsse mit von der Partie sein.

Um elf Uhr Sonntag-Vormittag standen Oskar und Aloys auf dem Bahnhof, um die Donna aus Büderich abzuholen. Und sie kam. Starr schauten die beiden auf eine dicke Weibsperson mit einem knalligen Papierblumengarten auf dem Fettkopf und einer grün und rot karierten Bluse aus Flanell. Es war ein grotesker Aufzug, der die beiden Gentlemen lähmte. Die Holde näherte sich watschelnd wie ein Auto mit kaputten Pneus, ein breites, schmunzelndes Lachen auf dem sommersprossigen Gesicht, und ehe Oskar wußte, wie ihm geschah, lag sie ihm an der Brust. Der Anprall warf ihn beinahe zu Boden. Ein unendliches Mitleid erfaßte Aloys für Oskar. Mußte der betrunken gewesen sein, als er dieses entzückende Geschöpf kennen lernte! Apathisch ließ Oskar alles geschehen. Er war völlig zerquetscht und aus der Form, als die Schöne von ihm abließ. Jetzt hing sie sich bei Aloys ein. Oskar kam wieder zu sich und versuchte abzurücken, daß es so aussah, als ob er überhaupt gar nicht zu dieser Person gehöre. Wie peinlich war ihm dieser Aufzug! Er legte Wert darauf, in der feinen Gesellschaft zu verkehren, und nahm sich höllisch in acht, gegen die feinen Manieren zu verstoßen. Aloys war weniger penibel, aber daß ihn diese Lady vom Lande mit selbstverständlicher Intimität einhakte, auf offener Straße, gerade zur Promenadenzeit, wo alles unterwegs war, ging ihm doch ein wenig gegen den Strich.

Oskar Knieß ging bereits drei Meter vor dem Paar und überließ Aloys den spöttischen Blicken der Passanten. Er war mehr tot als lebendig. Flucht, rücksichtslose Flucht, das war die einzige Rettung. Aber wie? Scheu und verstohlen ließ er seine Augen herumschweifen, wo war eine Rettung? Aloys trottete schweigend neben dem Mädchen her. Sein verzeihendes Gütegefühl begann sich in seinem guten Herzen zu regen. Es war doch tragisch, wenn eine sogenannte Krone der Schöpfung so aussah wie diese Büdericher Vertreterin des schönen Geschlechts. Ein Gefühl des Wohlwollens und eines herzlichen Mitleids wegen dieses tragischen Dilemmas begann sich in seinem guten Herzen zu regen. Oskar Knieß sah plötzlich scharf die Straße hinunter. Sein verdrossenes Gesicht erhellte sich sichtbar. Hoffnung lag auf seinen Zügen. Dort, etwa hundert Schritte weiter, klapperten an einem Schild zwei Messingbecken, das Zunftzeichen der Friseure. Eine glänzende Idee! »Ich muß mich eben rasieren lassen«, stieß Oskar Knieß plötzlich, kaum eine Erleichterung verbergend, hervor, »bitte, wartet eine Weile hier draußen; Aloys du bist so gut und leistest meiner Freundin Gesellschaft. Es wird nicht lange dauern.« Schon war er in dem Friseurgeschäft verschwunden. Die Messingbecken schlugen zusammen, als applaudierten sie. –

Aloys und die Büdericherin standen am Schaufenster und beschauten die Auslagen des Friseurs. Seifenstücke, ein Gnom mit Wattebart inmitten einer sinnvollen Girlande von Zahnbürsten und Kämmen, bunte Flaschen waren mit künstlerischem Geschmack aufgebaut. Verstohlen ruhten die guten Augen des gütigen Aloys auf der anvertrauten Freundin Oskars. Die Auslage des Friseurs war auch nicht länger als eine halbe Stunde imstande, die Dame zu fesseln. Eigentlich konnte man sich in dieser Zeit unzählige Male rasieren lassen. Der Friseur wohnte an der Hauptstraße, wo Sonntags die Crème der Gesellschaft promenierte. Das Paar erregte allgemeines Aufsehen. Bekannte schnitten Aloys ostentativ. Die Blume vom Lande bekam mehr und mehr Zutrauen zu Aloys und hing sich wieder bei ihm ein. So wälzten sie sich auf und ab vor dem Friseurladen. Wer nicht wieder kam, war

Oskar Knieß; man hätte sich in der Zeit, die er in dem Laden war, einen langen Bart und lange Locken wachsen lassen können.

Zuweilen stieg in Aloysens Hirn mit linden Flüchen die Besorgnis auf: wenn Oskar nun überhaupt nicht zurückkäme? Aber dann fiel sein Blick auf die Prinzessin der Kartoffelgegend. Ein unbedingtes, unwiderstehliches Gefühl der Zuneigung zu dieser Blume vom Lande, die angehäufte Fülle seines monumentalen Altruismus brach mit Allgewalt hervor. Er umschlang das Mädchen aus Büderich und küßte sie vor aller Welt auf die Wange.

Die beiden Liebesleute warteten noch bis Donnerstag auf Oskar Knieß. Er kam nicht.

Aloys Behnewind heiratete den Koloß vom Niederrhein. Sie ward ihm zur unergründlichen Talsperre für den Strom seines Altruismus.

Acht Tage war friedliche Stille im Heim der Jungvermählten. Eines Tages aber hörte man lautes Geschimpfe aus der Wohnung Behnewinds. Gegen eine gelle Frauenstimme versuchte vergebens eine Männerstimme anzuschreien. Die Keiferei nahm Tag für Tag zu. Passanten blieben stehen. Dann flogen eines Tages Stocheisen, Kohlenstücke, Stiefelknechte, leere Flaschen, Stiefel, Bügelbolzen und sonstige harte Gegenstände klirrend durch die Fenster auf die Straße. Revolverschüsse, Schmähworte, die die elektrische Bahn entgleisen ließen, Droschkenpferde wild machten, sprangen aus den zerschlagenen Fenstern der Wohnung Aloysens.

Aloys, der gute Mensch, war ein Menschenfeind geworden. Seinen Altruismus und seine Herzensgüte hatten die Flitterwochen völlig vernichtet, und seine Herzlichkeit war in einen Menschenhaß, der sich auf seine Büdericher Gattin konzentrierte, umgeschlagen.

Teuflisch lockte er sie eines Tages in einen Freiballon und drückte ihr eine Höllenmaschine in die Hand. Sie ist gottergeben in die Luft geflogen.

Onkel Bogumil trinkt

Im Familienrat machte man eines Tages Ernst und beschloß definitiv, Onkel Bogumil in eine Trinkerheilanstalt zu schaffen. Das konnte so nicht weiter gehen. Onkel Bogumil trank täglich zwanzig Flaschen

Rheinwein und zwei Pullen dreisternigen Kognak. Das tat er nun schon seit vielen Jahren.

Seine Nase bekam dabei das Aussehen eines Glühstrumpfes. Der Datterich am Morgen wurde chronisch, und wenn der alkoholhafte Stumpfsinn ihn überkam, konnte es schon sehr schlimm werden.

Dann mochte es ihm gefallen, plötzlich an die Hängelampe zu springen und sich hin und her zu schaukeln oder die Bilder von der Wand zu nehmen und die Farben abzulecken. Auch versuchte er, auf Schränke zu klettern. Stundenlang hüpfte er auf einem Bein im Zimmer herum, oder er bemühte sich, sich auf den Kopf zu stellen. Sah er eine Fliege, so konnte er unbändig lachen. Er trieb noch andere irre Dinge.

Die Familie hatte ihn lange Jahre ruhig gewähren lassen, hoffend, daß ein Herzschlag seinem trinkfrohen Dasein ein Ende machen würde. Als er aber eines Tages anfing, mit den leeren Flaschen aus dem Fenster die Passanten zu bombardieren, sinnlos gegen das Mobiliar wütete, alles zerschlug und nach dreißig Flaschen Wein behauptete, es seien weiße Mäuse in seinem Zimmer, und schrie, man müsse eine Falle aufstellen und Gift streuen, wurde die Familie stutzig.

Den Umstand, daß Onkel Bogumil abends stets sinnlos betrunken war und wie ein toter Klotz unter den Tisch sank, benutzte die Familie, den völlig bewußtlosen Onkel wie ein Möbelstück in ein Auto zu verladen und in die Trinkerheilanstalt des berühmten Professors Sektpropp zu schaffen. Diese Trinkerheilanstalt nannte sich unverfänglich: Alkohol-Entziehungs-Sanatorium.

Wenn der ehrsame, wohlsituierte Bürger sich in Sekt, schweren Weinen und schillernden Likören täglich gewohnheitsgemäß betrinkt, so sagt man fast anerkennend so obenhin: »Er ist ein handfester Trinker«, oder: »Er weiß einen guten Tropfen zu schätzen!« Wenn sich dann eines Tages bei dem handfesten Trinker oder feinen Weinkenner die weiße Maus zeigt oder andere gesteigerte Verwirrungen, bemühen sich die Angehörigen in zwingender Fürsorge, den Betroffenen in einem Alkohol-Entziehungs-Sanatorium unterzubringen. Der kleine Mann aber mit geringen Revenuen, der dem unmäßigen Genuß gemeinen Fusels frönt, wird mit Abscheu ein Säufer und Trunkenbold genannt, und wenn ihn das delirium tremens trifft, er Ladenfenster eintritt und sich an Frau und Kindern im Boxen übt, durch staatliche Fürsorge in einer Anstalt, die man unverhohlen und unbeschönigt »Säuferasyl« nennt, interniert.

Als Onkel Bogumil nach zwei Tagen erwachte und um sich starrte, bemerkte er zu seinem Schrecken, daß die lieben, weißen Mäuslein nicht wie sonst auf einer mit roten Klatschrosen bemalten Tapete hin und her liefen, sondern auf einer gestreiften Tapete ihr Wesen trieben. In seinem Kopf war es ihm wie ein Gekribbel von Ameisen und Käfern. Wo war er nur? Wo war der Tisch, unter welchem er immer erwachte? Wo war seine Morgenpulle Kognak? Stöhnend und alkoholische Schwaden ausstoßend, versuchte er sich aufzurichten. Er lag in einem Bett, was ihm lange nicht passiert war.

Zwei Männer in weißen Kitteln traten an sein Bett; es waren Professor Sektpropp und sein Assistent.

Wie Kinderaugen zu Weihnachten angesichts des brennenden Christbaums glänzen, so leuchtete es in den stieren Augen Onkel Bogumils auf, als er in der Hand des Assistenten eine Kognakflasche gewahrte. Man überließ ihm die Flasche, die er gierig hinuntergoß. Das war nicht sein Kognak Dreistern. Er verzog den Mund, pfui! Aber es war immerhin Alkohol. Tag für Tag bekam er allmorgendlich seine Flasche Kognak. Mit jedem Tage wuchs ihm der Ekel vor diesem Kognak, der bei ihm nur Bauchgrimmen und Brechreiz hervorrief. Mit dem Rheinwein, den man ihm gab, ging es ihm gerade so. Ein widerlicher Nachgeschmack, den er nicht los wurde, quälte ihn unsäglich. Dabei gab es nur fade Süppchen und kein Scharfgewürztes, namentlich keine Salzgurken, die ihm so angenehm den Magen kitzelten. Nach vier Wochen wies er mit Abscheu und Ekel den Anstaltsalkohol zurück. Die Sehnsucht aber gärte in ihm qualvoll Tag und Nacht nach seinem alten Rheinwein und seinem Dreistern-Kognak. Alle seine Versuche, den Wärter zu bestechen, schlugen fehl. Er wurde bewacht wie ein Raubmörder, Flucht war ausgeschlossen.

Geschwächt von all den Quälereien, die der Sektproppsche Wein und Kognak bei ihm zur Folge hatte, verfiel er in eine tiefe Traurigkeit, und ein Moralischer lag auf ihm wie eine Lawine.

Professor Sektpropp war stolz auf seinen Erfolg. Seine Entwöhnungstherapie bestand darin, daß er dem Wein und Kognak ein Geheimmittel in gesteigerten Dosen beimischte, welches dem Getränk einen widerlichen Nachgeschmack gab und die Patienten abschreckte. Dazu eine reizlose Kost, wie der Wissenschaftler sagt.

Um einen Rückfall zu vermeiden, hielt Professor Sektpropp eine strenge Internierung Onkel Bogumils auf weitere drei Monate unbedingt für nötig.

Onkel Bogumil hatte das Pech, daß er zu einer Zeit in die Trinkerheilanstalt kam, wo allgemein nur diese quälende Art der Alkoholentziehung, wie er sie an seinem Leibe erfuhr, angewandt wurde. Heute geschieht die Entwöhnung auf schonendere Weise, was manchen trinkfesten Leser beruhigen und nicht abhalten wird, einen über den Durst zu trinken.

Eines Tages fragte Onkel Bogumil harmlos den Professor Sektpropp, ob er Sauerbrunnen trinken dürfe. »Aber natürlich, das ist mir sehr recht! Das beweist Ihre radikale Heilung von dem Teufel Alkohol!«

Onkel Bogumil schrieb an einen guten Freund, der auch ein fanatischer Verehrer alten Rheinweins war, ihm umgehend hundert Flaschen Sauerbrunnen mit Inhalt 1868 in das Sanatorium zu schicken.

Dieser Freund verstand den Wink. Und prompt kam das bestellte Mineralwasser an.

Es traf sich gerade, daß der Professor, der mit äußerster Strenge den Betrieb überwachte, auf einige Wochen verreiste und die Obhut über die Patienten dem Assistenzarzt anvertraute. Dieser war eine Zeitlang in der gleichen Weise wie Onkel Bogumil und viele Insassen des Sanatoriums dem Trunke ergeben gewesen. Seine Passion war auch alter Rheinwein gewesen. Er war dann in dem Sanatorium gründlich von dem Laster entwöhnt worden, so daß der Professor nicht zögerte, ihn als Assistenzarzt in seine Dienste zu stellen. Er baute felsenfest auf seinen neuen Assistenten.

Am Abend nach der Ankunft des Sauerbrunnens hörte man aus der Stube von Onkel Bogumil ungewohntes Gröhlen, dazwischen Gläserklingen. Der Assistenzarzt machte sich auf, pflichtgemäß zum Rechten zu sehen. Schon im Korridor witterte der feine Weinkenner in ihm den Duft alten kostbaren Rheinweines. Er schnalzte vor Begier mit der Zunge. Aus Onkel Bogumils Zimmer kam dieser Duft. Er vergaß alle seine starken Prinzipien der Enthaltsamkeit. Mit der lechzenden Sehnsucht eines Verdurstenden in der Wüste stürzte er in Bogumils Stube. Lautes Gebrüll empfing ihn. Eine Korona entwöhnter und halbentwöhnter Insassen des Sanatoriums hatte, wie den Arzt, der magnetische Duft des alten Rheinweins in das Zimmer Onkel Bogumils gelockt. Eine Flasche Sauerbrunnen nach der andern entstieg der Kiste. Schon bedeckten unzählige leere Flaschen den Boden. Kurz entschlossen riß der Assistenzarzt den mit einem duftenden gelbbraunen Etwas gefüllten Humpen an sich. Dieser Sauerbrunnen war eine fabelhafte Rüdesheimer Auslese 1868. Der Freund hatte die Bogumilsche Bestellung richtig aufgefaßt.

Der tägliche Bedarf stieg ins Ungeheuere. Neue Sendungen trafen täglich ein. Alle Insassen lagen im Banne dieses köstlichen Gesöffs, und bei allen zeigten sich schon wieder jene neckischen bekannten Reaktionen von Alkoholvergiftung. Die Therapie Professor Sektpropps litt elend Schiffbruch und wurde mit dieser Massenbezechtheit glänzend ad absurdum geführt. Der Assistenzarzt sah zuerst wieder die weiße Maus. Onkel Bogumil lachte schon wieder über Fliegen. Die Berge leerer Sauerbrunnen-Flaschen im Hof ließen Vorübergehende staunen.

In dem sonst so stillen und friedlichen Sanatorium wütete die sinnlose Betrunkenheit, die sich in Gröhlen, eingeschlagenen Fenstern, auf die Straße geschleuderten Möbelstücken und Mineralwasser-Flaschen manifestierte. Es war ein Teufelsspektakel, wie bei einem Hexensabbat – Tag und Nacht. Onkel Bogumil sprang zum Fenster hinaus und brach sich den Hals. Die Bürger mieden die Straße, wo das Sanatorium lag.

Als der Professor Sektpropp von seiner Reise zurückkam und mit Mühe über Berge von Sauerbrunnen-Flaschen und Kistenwällen zum Hause vorgedrungen war, machte er große Augen vor dieser Bescherung.

Sein Assistenzarzt schleppte sich auf allen Vieren ihm entgegen und bellte ihn an.

Professor Sektpropp gab angesichts dieses völligen Mißerfolges seiner Alkoholentziehungs-Therapie seine Anstalt auf und wurde Weinreisender.

Die Bluse

Ich hätte nein sagen sollen oder daß ich etwas vorhätte, als mich meine Tante Dorchen Faßbender am Eingang des amerikanischen Riesen-Warenhauses mit Beschlag belegte und mich bat, sie zu begleiten: sie müßte sich nur eben eine Bluse kaufen, erklärte sie obenhin.

Eine Bluse kaufen, das war ja schließlich eine einfache und schnell erledigte Sache, dachte ich mir und ging mit. Außerdem hatte die Tante mir schon häufiger Rechnungen meines Schneiders bezahlt, das war entsprechend zu beachten.

Der Scharfsinn eines Indianers gehört dazu, um sich in einem modernen Warenhaus zurechtzufinden und noch zu Lebzeiten den begehrten Gegenstand zu kaufen. Die Tante sagte, sie wisse Bescheid, und drängte sich durch die Menge, die sich in den Gängen zwischen den Verkaufsständen hin- und herschob. Sie trat energisch auf sie hindernde Füße und stieß Langsame mit der Krücke ihres Zanellaschirmes verstohlen in den Rücken.

»Da drüben bekommen wir das Gewünschte«, sagte sie mit Bestimmtheit. Ich vertraute der Tante. Wir schoben nach drüben.

Wir blieben einen Augenblick am Verkaufsstand für Emaillegeschirr stehen. »Was darf's sein?« fragte verbindlich ein rotbackiges Fräulein.

»O, wo finde ich Blusen?« erkundigte sich die Tante, die scheinbar doch nicht so ganz und gar Bescheid wußte.

»Bitte, erste Etage, Aufzug«, war die Antwort. Die Tante zog vor, die Treppe zu benutzen, aus Vorsicht. Es sei einmal ein junger Mann im Aufzug zerquetscht worden. Diese Legende geht von jedem Aufzug.

»Blusen – bitte rechts und dann links«, wies uns ein Herr in mittleren Jahren, den man Herr Markuse nannte und der scheinbar eine Rolle spielte. Wir waren geschmeichelt und gingen in der bezeichneten Richtung.

»Nein, nein, nein«, schrie die Tante plötzlich unwillig, als sie an dem gesuchten Stand von Blusen ankam und die Auslagen musterte. »Ich will keine fertige Bluse, ich will Stoff für eine Bluse, im Haus zu nähen. Da steht man sich billiger«, raunte sie mir erklärend zu.

Ich fand das sehr unangebracht, so eine Bluse erst mal mit großen Umständen zu nähen, wo man sie doch hier fix und fertig zum Anziehen kaufen konnte. Überhaupt bereute ich ein wenig meine Bereitwilligkeit, die Tante zu diesem Blusenkauf zu begleiten.

»Ah, Stoff für eine Bluse für die Dame?« sagte verstehend Herr Markuse, der uns gefolgt war. »Bitte, bemühen sich die Herrschaften nach der vierten Etage, dort finden Sie, was Sie wünschen.«

Wieder mühselige Treppen, trotz des Asthmas der Tante. Solche Aufzüge bleiben schon mal stecken, dann verhungern die Insassen. Das ist auch so eine Legende, die man sich von jedem Aufzug erzählt.

Natürlich entsprach der Stoff, den man der Tante auf der vierten Etage vorlegte, keineswegs ihren Wünschen und Absichten. Was man ihr da zeigte, war doch Wolle, was für Dienstboten zu Weihnachten, aber nicht für eine Staatsbluse der gnädigen Frau zu gebrauchen war.

»Wolle hält aber doch warm«, meinte ich schüchtern.

»Ist aber nicht schick«, strafte mich die Tante. »Ich will die Bluse für das Zoologische-Garten-Konzert; Frau Bender soll die Platze kriegen«, lachte sie hämisch.

Jetzt kam es heraus; die Tante wollte eine seidene Bluse bzw. den Stoff dazu.

»Da müssen Sie sich nach unten bemühen, dort rechts vom Haupteingang, etwa vierzig Minuten weit, ist die Seidenabteilung«, klärte man sie auf. »Dort ist der Aufzug.« Sie begann von der 150 Meter hohen Vierten-Etagen-Treppe den mühevollen Abstieg. Das Seil konnte reißen und der Abzug herunterrasen und zerschmettern. Das war auch so eine Legende, die die Tante bewog, das gefährliche Vehikel nicht zu benutzen.

Ich sagte leise das kleine Einmaleins auf und berechnete aus dem Wachsen meines Bartes, wie lange wir uns bereits hier in dem Warenhause befanden. Durch das Treppensteigen bekam ich ein müdes Gefühl in den Kniekehlen, wie wenn ich dreimal hintereinander das Matterhorn bestiegen hätte, ein Klavier mit Lehrer im Rucksack.

Tante Dorchen war von der stillen Resignation eines Menschen, der weiß, was er will.

Ich war so zerstreut, daß ich der blondlockigen Verkäuferin der Parfümerieabteilung, wo ich immer meine Seife kaufte, in Gedanken auf das Ohrläppchen küßte.

»Seide dort, Blusenseide dort«, zeigte ein anderer Herr Markuse, der Cohn genannt wurde, auf eine lange Reihe Theken, hinter welchen himmelhohe Regale standen, wie in einer Bibliothek. Die Fächer waren angefüllt mit Stößen von flachen Paketen. Zwischen den Regalen und den Theken waren Fräuleins in Schwarz, nette und weniger nette, mit Scheren an Bändern um den Hals und an der Seite einen baumelnden Abreißblock, eingesperrt. Manche aßen verstohlen aus einem verborgenen Butterbrotpaket.

Das durfte Herr Cohn nicht sehen.

Aus dem Gesicht der Tante entnahm ich, daß wir nun endlich am Ziel angekommen waren. Meine Lethargie wich ein wenig. Es war aber noch nicht aller Tage Abend! O, ich Kleingläubiger!

Sobald die Tante kurz den Wunsch nach Blusenseide geäußert hatte, kletterten – husch, husch! – entzückende Lackfüßchen auf gelben Leitern an den Bibliotheksregalen hinauf. Oft blieb der Rock an einer Sprosse hängen, welches Malheurchen ein graziöses Beinchen mir entgegenkommend dekolletierte. Die Tante holte ihre Brille hervor, die sie aus einem Lederetui hervorzog. Das Etui machte beim Abziehen des Deckels »pff«, die Tante setzte die Brille auf, nicht der Beinchen wegen, sondern um den Stoff zu prüfen. Ich putzte meinen Kneifer – hm, hm, ich mußte doch der Tante behilflich sein!

Stöße von flachen Paketen warfen die Fräuleins in Schwarz klatschend auf die Theke und entrollten sie zu Streifen Seide in allen möglichen Farben. Dabei priesen sie in überschwenglicher Weise die Ware: »Prima, prima, das beste auf dem Markt, leitest Fäschen, englisch, fabelhafte Verarbeitung, Frau Bankier Safe (sprich: Säw) nahm zehn Meter für eine Robe, doppelte Breite, mit Selfkante, gut zu verarbeiten und haltbar, Sie glauben es nicht, gnädige Frau!« Immer neue Pakete wurden aufgerollt. Ein Meer von Farben ergoß sich über die Theke. Die Tante war in fieberhafter Tätigkeit, ihr sonst bleiches Gesicht war hektisch gerötet, die Warze an der Nase war zu einem Apfel angeschwollen, mit zitternden Händen wühlte sie in der Seide, prüfte den Stoff und die Farbe, bat das Fräulein in Schwarz, mit dem betreffenden Stück auf die Straße zu gehen, um die Farben bei Tageslicht beurteilen zu können. Etwa 1200mal lief sie, begleitet von einer Verkäuferin, die immer durch eine neue ersetzt werden mußte, da sie haufenweise vor Ermattung zusammenbrachen, die Strecke von der Seidenabteilung bis zum Ausgang. Ich rannte im Anfang getreu als Sachverständiger für Farben mit, verlor dann aber die Lust zu rennen, nahm mir ein Auto und fuhr neben der Tante hin und her.

Die Tante konnte sich nicht schlüssig werden, hin und her raste sie, den armen Verkäuferinnen zum Verderben. Die Haarnadeln der Tante wurden weißglühend.

Alle Farben der Welt zogen vorbei, nur kein Blau, was die Tante von vornherein nicht wünschte. Nun fiel ihr ein, daß es ein bestimmtes Blau gebe, das ihr sehr gut zu Gesicht stehe. Ob man nicht dieses Blau habe? Einige der Verkäuferinnen, die aus den Strapazen der Rennerei ihr schwaches Leben gerettet hatten, schleppten sich an die Regale und erklärten mit müden Stimmen, blaue Stoffe seien auf der zehnten Etage. Die Herrschaften möchten sich hinaufbemühen. Ich habe mit dem Nordpolfahrer Cook den Mount Mac Kinley in Lackschuhen bestiegen; jetzt schauderte mir vor der zehnten Etage. Die Tante war nicht zu bewegen, den Lift zu benutzen. Sie machte sich, trotz ihrer geschwollenen Ballen, an den Treppenaufstieg zur zehnten Etage. Ich drückte mich in den Aufzug und war schnell und mühelos bald oben. Drei Wochen später kam die Tante an, die alte eiserne Energie, Stoff für eine Bluse zu kaufen, in den Zügen. Sie erinnerte an Bismarck, wenn er etwas durchsetzen wollte.

Pfadfinder wiesen uns den Weg zum blauen Stoff. Der Stand befand sich 21 Kilometer von der Treppe und dem Lift. Ja, dieses Warenhaus war von enormen Dimensionen; es stellte in seiner bebauten Fläche Elsaß-Lothringen in den Schatten.

Es gab etwa zehn verschiedene Blau. Natürlich mußten diese Stücke auch wieder dem Tageslicht ausgesetzt werden. Das hätte Monate gedauert, wenn die Tante die zehn Treppen hin- und hergestiegen wäre. Sie wurde chloroformiert und mit dem Aufzug befördert.

Endlich – es war eine Erlösung, etwa wie der Friedensschluß zu Münster nach dem 30jährigen Krieg um 1648 – endlich fand die Tante das Blau, das ihr so gut zu Gesicht stand.

Sie brauchte zwei Meter fünfzig. Eilfertig nahm ein Fräulein in Schwarz einen Zollstock, um dieses Quantum abzumessen. Natürlich war das vorhandene Stück (vom Fachmann Coupon genannt) etwa achtzig Zentimeter zu kurz.

Die Tante stach dem Fräulein eine lange Hutnadel in das linke blaue Auge. Aber es schadete nichts, denn das Auge war aus Glas – Gott sei Dank!

Ich kniete, als das endlich gefundene Stück von der blauen Seide, deren Blau die Tante so gut kleidete, zu kurz war, nieder und bat den Himmel und alle Götter, sie möchten doch die fehlenden achtzig Zentimeter blauer Seide beschaffen. »Nehmen Sie grün anstatt blau, grün ist der Frühling und die Au«, sagte eine belegte Stimme von oben ziemlich gereimt.

Die Tante war, weil es wie eine Offenbarung war, mit Grün nunmehr einverstanden. Man stieg hinab in das Unterhaus, wo die bunten Seiden waren. Nach einem dreiwöchigen Suchen und Prüfen entschloß sie sich für Spinatgrün. Zwanzig Verkäuferinnen lagen tot am Boden, vier Ressortchefs waren völlig pathologisch geworden. Ein Elektrotechnicker fraß Glühbirnen.

Die Tante forderte noch rote Seide als Besatz. Tableau! Ich legte mich auf den Boden und biß in die Blasen, die sich im Linoleum des Bodenbelags gebildet hatten. Die Verkäuferinnen flüchteten mit Grauen vor dem Wunsche der Tante.

Ich machte mein Testament.

Man probierte. Das Rot paßte nicht auf das Grün. Zehn Browningschüsse. Zwei Verkäuferinnen tot.

Vier Jahre später fand man ein passendes Stück roter Seide. Die Verkäuferin, die das Stück fand, war eine Waise. Die Tante schenkte ihr aufgeweichten Lakritz aus der warmen Tasche.

Meine Augen hingen sehnsüchtig an den Lippen der Tante: Der Blusenkauf war beendet, mußte sein Ende gefunden haben. Ich Tor. Ich war ein alter Mann geworden, und ein langer Bart hing mir über die Brust. Die Fräuleins, die die durch die Tante heraufbeschworene Katastrophe überlebt hatten, waren teilweise Urgroßmutter, andere Großmutter.

Der Schlag soll mich treffen! Die Tante öffnete ihr karätiges Gebiß und stieß das eine kurze, knallende Wort wie einen gellen Flintenschuß hervor: »Knöpfe!«

Der Schlag traf mich nicht. Ich war verblödet und erwartete nichts anderes. Mein Bart wuchs mir in die Stiefel.

Knöpfe waren auf der achten Etage. Nach zwei Wochen krochen 400 Angestellte des amerikanischen Warenhauses auf dem Boden der achten Etage wie Ameisen, auch unter die Schränke, um die wie Konfetti auf der ganzen Etage fußhoch durch das hysterische Herumwerfen der Kartons und durch das Platzen der Böden auf die Erde gefallenen Knöpfe aufzulesen.

Die Tante trieb Nägel durch die Ösen bestimmter Knöpfe und nagelte sie auf die stramme Uniformbrust eines Liftboys fest. So konnte sie sehen, wie die Knöpfe wirkten.

Ich war so alt geworden, daß ich von einer Yoghurtfabrik als Reklamepreis zu Propagandazwecken photographiert wurde.

Die Tante konnte den gewählten Knopf nicht nehmen, es fehlten vier am Dutzend. Sie spuckte ihr Gebiß aus. Der Boy fand einen mühelosen Tod. Die Liftführer, zehn an der Zahl, verloren den Verstand und ließen sinnlos die Aufzüge auf- und niederrasen, daß die Splitter flogen. Mechanische Spielwerke drehten sich selbst auf und liefen verhetzt herum. Angestellte kletterten verstört auf die Regale und die Säulen. Andere fraßen in ihrer seelischen Not Pottasche.

Als die Tante nun noch Schweißblätter verlangte, die gerade ausgegangen waren, weil es eisiger Winter geworden war, erhob sich ein wildes Tohuwabohu, das elektrische Licht ging aus. Alles stürzte zu der immensen vierteiligen Drehtür des Haupteinganges, und ein wildes Rasen und Drehen, in das ich auch gerissen wurde, begann. Mit einer furchtbaren Schnelligkeit drehte sich die Tür, Ohren und Finger wurden von der Zentrifugalkraft abgerissen. Mir flogen die Rippen weg, das war mein Tod.

Das letzte Wort der Tante gellte mir in den Ohren: »Häkchen für hinten muß ich noch haben!«

Das amerikanische Riesenwarenhaus ist eingefallen. Nur die rasende Drehtür mit Klumpen unzähliger Menschenleiber dreht sich noch in ihrer wilden Fahrt, und unaufhörlich gleiten in gefährlicher Schnelle in ihren eisernen Führungen, die wie Türme aus dem Schutt emporragen, unzählige Aufzüge sinnlos auf und nieder.

Frau Bender konnte die Platze wegen der neuen Bluse von Tante Dorchen nicht kriegen; sie ist in der Zwischenzeit an einer Bauchfellentzündung gestorben.

Vom treuen Leser

Redakteure sind mutige und unerschrockene Männer. Weiß Gott, ich habe nur solche kennen gelernt. Manche fürchten selbst den Teufel nicht, manche zittern selbst nicht vor dem Presse-Paragraphen II. Ja, ja, solche Helden gibt es.

Aber jeder Redakteur wird unter allen Umständen erbleichen und von zagender Angst befallen werden, wenn man ihm von einer gewissen Spezies Leser zu reden beginnt. Er wird zaghaft werden, seine Festigkeit wird stürzen, Gruseln wird ihn überlaufen.

Der treue Leser oder der langjährige Abonnent oder der alte Freund des Blattes – das klingt so brav, bieder und unendlich treuherzig, so ganz ohne Falsch, und doch verbirgt sich hinter diesen harmlosen Worten eine entsetzlich unangenehme Art von Menschen, ein quälendes, heimtückisches Ungeziefer, das aus dunklem Versteck heraus das Gift seiner Drüsen auf seine Opfer spritzt.

Vor diesen Menschenseelen hat der heroischste Redakteur eine peinliche Scheu.

Meistens sind es Leute, die nie in ihrem Leben etwas zu sagen gehabt haben, im übrigen auch nicht die Courage besitzen, sich offen gegen irgend jemand, der ihnen vielleicht mal nützen könnte, in Widerspruch zu setzen. Die aber, wenn sie ganz allein sind oder sich ihrer Umgebung völlig sicher fühlen, das Maul weit aufreißen, sich in die Brust werfen und pathetisch erklären, sie würden jetzt mal zeigen, was eine Harke wäre.

Beamte mit strengen, gottähnlichen Vorgesetzten, Leute, die von Verbeugungen und Selbsterniedrigungen leben, pensionierte Beamte, die gewohnt sind, von dem Klempner unten im Hause, dem Gasmann und dem Bezirksschutzmann zuerst gegrüßt zu werden, kleine Rentner, die in ihrer Straße als reich gelten, weil sie mittags Fleisch essen, Nörgelseelen, denen alles im Leben schief ging, die immer zu spät kamen, untergeordnete Angestellte, die höchstens wagen, der Putzfrau gegenüber, die das Bureau zu reinigen hat, ihre Autorität aufzuspielen – das sind so die lieben Menschen, in denen eines Tages der Wille zur Macht erwacht, der ja schließlich in jeder Seele schlummert.

Sie sind Abonnenten des Lokal-Anzeigers, die pünktlich ihre achtzig Pfennig pro Monat entrichten, pünktlich am Ersten. Man kann ihnen in dieser Hinsicht nichts vorwerfen.

Sie sind felsenfest davon überzeugt, daß ihre achtzig Pfennig die Basis des Gedeihens und des gesicherten Bestehens der Zeitung darstellen. Von »ihrem Blatt« reden sie, und die unbedingte Abhängigkeit des Lokal-Anzeigers von ihrem erhabenen Willen ist für sie die ausgemachteste Sache von der Welt. Nach ihrer Ansicht hat ihr Geschmack und ihre Laune für die Redaktion die suprema lex zu sein.

Paßt ihnen im Inhalt des Blattes irgendetwas nicht, oder sie verstehen einen Artikel nicht, weil sie zu dumm sind, oder aber ist man vom Chef angeschnauzt worden, oder man hat überhaupt das Bedürfnis, seine Wut über ein unangenehmes Ereignis in irgendeiner ungefährlichen Weise auszulassen, so setzt man sich schleunigst hin und schreibt einen wütenden Brief an die Redaktion, der in der furchtbaren Drohung gipfelt, das Abonnement auf die Zeitung aufzugeben! Den Zeitungsschmierern will man es mal zeigen! Und man unterschreibt, um die berechtigte Autorität seiner Kritik zu unterstreichen, die Briefe mit »Ein treuer Leser«, »Ein langjähriger Abonnent« oder »Ein alter Freund des Blattes«.

Vom Chefredakteur bis zu Albert, dem Setzerstift, hinab werden alle von einer entsetzlichen Panik ergriffen. Man versammelt sich zitternd und völlig konsterniert im Redaktionsberatungszimmer. Wie ein schwerer, dumpfer Alp liegt es auf den Leuten vom Lokal-Anzeiger. Alle stehen unter dem Drucke dieses schrecklichen Ereignisses.

Was bleibt zum Schluß aber anders übrig als abzuwarten, ob die grauenhafte Drohung des treuen Lesers sich am Ersten verwirklichen wird?

Immer wieder kommen solche Reklamationen und setzen neue Unruhen in die vom letzten Brief kaum erholten Gemüter.

Ein Arsenal von Damoklesschwertern hängt über dem Lokal-Anzeiger! –

Balduin Ohrenschmalz war irgendetwas Geringes bei der Steuerverwaltung gewesen. Man hatte ihn rechtzeitig pensioniert. Seine Pension war klein. Er spielte im Leben eine unbedeutende Rolle. Er war Abonnent des Lokal-Anzeigers. Er war ein eifriger und gründlicher Leser dieses Blattes.

Vom Kopf der Zeitung, wo die Bezugsbedingungen stehen, bis zur letzten Annonce las er jedes Wort. Nach dem Frühstück nahm er täglich das Blatt zur Hand, wohl in der Art, wie ein gewichtiger Professor die Arbeit eines Schülers entgegennimmt. Kritisch und mißtrauisch.

Und bald ging es los.

»So, wenn der Graf von Kehlkopf-Imbiß die Tochter des Fabrikanten Schwungrad nicht bald heiratet, kriegt die Redaktion einen Brief, den sie sich nicht hinter den Spiegel stecken wird. Es ist ja zu albern, dieses Hin und Her. Ich lasse mich von einem solchen Romanschreiber nicht frozzeln für mein gutes Geld«, erboste sich Balduin Ohrenschmalz über den unter dem Strich veröffentlichten Roman »Die Heide klagt's« von Otto Kurt Dagobert von Mostert-Mostert.

»Was, der Graf, dieser Liederjahn, soll die reizende Ilse, die Goldilse, heiraten?! Das wird hoffentlich nicht passieren. Dann gönne ich sie schon eher dem schwarzlockigen Maler Hendrik Ewerth«, meinte in erregtem Ton Frau Ohrenschmalz.

»Na, ich werde den Leuten schon die Hölle heiß machen. Für meine achtzig Pfennige pro Monat kann ich einen Roman verlangen, der mich in allen Teilen befriedigt«, schnauzte Ohrenschmalz weiter und warf mit einer großen Kraftgeste den Lokal-Anzeiger klatschend auf den Tisch.

Als sich in den nächsten Tagen die Fortsetzungen des Romans in einer anderen, als der von dem Ehepaare gewünschten Weise entwickelten, setzte sich Ohrenschmalz wütend hin und schrieb folgenden Brief:

»An die Redaktion des Lokal-Anzeigers.

Wenn Sie darauf Wert legen, Ihren Leserkreis zu erhalten, so möchte ich Ihnen den Rat geben, von der Veröffentlichung solcher Machwerke, ich betone Machwerke, wie des Romanes »Die Heide klagt's« in Zukunft absehen zu wollen. Der Graf hätte unbedingt die Tochter des Fabrikanten heiraten müssen, das ist klar. Aber natürlich, diese modernen Dichter! Auch meine Frau ist absolut mit dem Roman nicht zufrieden. Ich werde wohl für meine Person das Abonnement Ihrer Zeitung aufgeben.

Ein treuer Leser.«

Von einer anderen Seite bekam die Redaktion des Lokal-Anzeigers, den Roman betreffend, diesen Brief:

»Sie ruinieren Ihre ganze Zeitung mit solchen absolut verfehlten Romanen wie »Die Heide klagt's«. Der Graf muß sich mit Ewerth duellieren und fallen. Das war die einzige mögliche Lösung. Wer ist überhaupt dieser sogenannte Dichter Mostert-Mostert? Ich verzichte in Zukunft auf die Lektüre Ihres Blattes!!

Ein langjähriger Abonnent.«

»Was geht mich Goethe und moderne Reflexionen über seine Farbenlehre an«, giftete sich Herr Balduin Ohrenschmalz wieder an einem Morgen über einen dieses Thema behandelnden Aufsatz im Lokal-Anzeiger. »Goethe ist meines Wissens tot, und dieses Blatt ist doch kein Fachorgan für Anstreicher.«

Wieder setzte sich Balduin Ohrenschmalz schleunigst hin, und ein entsprechendes Protestschreiben ging an die geplagte Redaktion.

»So, das ist ja eine schmachvolle Berichterstattung in diesem Lokal-Anzeiger!« wütete eines Abends bei der Rückkehr vom Stammtisch Herr Balduin Ohrenschmalz. »Ist in Danzig eine alte Frau mit einer Petroleumlampe die Kellertreppe hinuntergefallen und hat den Hals gebrochen. In allen Blättern soll es gestanden haben. Im Lokal-Anzeiger war natürlich nichts darüber zu finden. Es ist eine Schande. Na, denen werde ich einen Brief schreiben.«

Und wieder fiel wie eine Bombe ein anonymer Brief in die Redaktion.

Dann war eines Tages bei Ohrenschmalzens das Tintenfaß umgefallen und hatte seinen Inhalt auf die geblümte Kaffeedecke ergossen.

Wie macht man Tintenflecke aus geblümten Kaffeedecken?

Natürlich, was man wissen möchte, findet man nie in diesem Lokal-Anzeiger. Anstatt dieser törichten Artikel über Goethe und seine Farbenlehre sollte man lieber etwas darüber schreiben, wie Tintenflecke aus geblümten Kaffeedecken zu entfernen sind.

Einen wutschnaubenden Brief mit der Unterschrift »Ein alter Freund des Blattes« schnellte Ohrenschmalz gegen den Lokal-Anzeiger.

Es war eine lustige Geschichte erschienen, in der ein stümperhafter Arzt glossiert wurde. Drohende Briefe, natürlich anonym, von Ärzten aus der Stadt, die sich in ihrer Berufsehre verletzt fühlten, fielen über die Redaktion her.

Als in einer Skizze eine Amme vorgenommen wurde, regnete es wütende Briefe aus Ammenkreisen.

Es war bezeichnend, wie die Achillesfersen aller Berufsklassen prompt bei der geringsten satirischen Spiegelung reagierten, wie die schlechten Gewissen sofort ins Gären gerieten.

Die Redakteure bekamen graue Haare, verloren die Lust am Leben, rauchten nicht mehr und ließen sich bei Regenwetter naß werden.

Mancher mußte ins Sanatorium.

Endlich kam der Lokal-Anzeiger auf die glückliche Idee, jedem Abonnenten vor dem Abdruck sämtliche Beiträge vorzulegen. Fünfhundert Boten gingen zu diesem Zweck von Haus zu Haus. Auf diese Weise kam das Ideal einer Zeitung zusammen.

Als aber trotzdem eines Tages wieder ein Schmähbrief kam, von jemandem, der zwar nicht abonniert war, die Zeitung indessen im Café las und forderte, man müsse eine Rubrik für Scherzrebusse einrichten und für Vexierbilder »Wo ist der Gärtner?«, hat der Chefredakteur mittels Dynamits das ganze Gebäude des Lokal-Anzeigers mit sämtlichen Angestellten in die Luft gesprengt.

Lillichens Verlobung

Aus der Weihnachts-Nummer des guten Familienblattes

»Papächen, Papächen, Mutti, Mutti!« klang eine helle Stimme aus dem Parke herüber zur Terrasse, wo Graf Eberhard Unstrut von Felsenhorst mit seiner Gattin, der Gräfin Hildegard, beim Frühstück saß.

Es war ein wunderbarer Frühlingsmorgen. Die Vöglein zwitscherten, daß es nur so eine Freude war. »Pipipipipi«, klang es von allen Seiten. »Päng, Päng«, machte der Buntspecht.

Die altehrwürdige Sandsteinfassade des gewaltigen Baus des Stammschlosses der Felsenhorst erschien in den Strahlen der Morgensonne wie in Gold getaucht.

Es war das erstemal nach den langen Winterwochen, daß das gräfliche Paar auf der Terrasse frühstückte. Das erstemal, ja, ja. Man hatte eine schwere, recht schwere Zeit hinter sich. Gräfin Hildegard hatte wohl an drei Monate an einem furchtbaren Brustübel auf den Tod daniedergelegen. Der alte, treue Hausarzt, Doktor Bimstein, war nicht von ihrer Seite gewichen. Das waren graue Tage gewesen.

Mit dem Scheiden des Winters verzog sich das Leiden mehr und mehr. Die kräftige Natur der Gräfin und warme Flanellunterkleidung trugen den Sieg davon. Nun saß sie zum erstenmal nach langer Zimmerhaft, noch bleich und abgehärmt, aber wieder dreihundert Pfund schwer in ihrem Lehnstuhl, der mit dem gräflichen Wappen geschmückt war, auf der Terrasse.

Sie war eingehüllt in einen roten Plüschmantel mit Pelzbesatz. Über ihre Knie war ein Eisbärfell, was sonst im Salon vor dem Klavier lag, gebreitet.

Die linke Hand, deren bleiches Aussehen noch von den überstandenen Leiden kündete, streichelte den auf ihrem Knie ruhenden Kopf ihres Lieblings-Neufundländers Benno. Die feine, geäderte rechte Hand hielt ein Butterbrot mit Zervelatwurst.

Graf Eberhard Unstrut von Felsenhorst war eine herrliche Reckengestalt und stand da in seinem knapp sitzenden Reitanzug mit langen Stiefeln als der echte Sproß der von Felsenhorst.

»Hö, hö, hö hö«, lachte er frisch und klar in den Morgen, daß es nur so von allen Seiten widerhallte.

Dann riß er plötzlich in tollem Übermut, in aller Sonnenfreude seine genesende Gattin aus dem Lehnstuhl und wirbelte sie laut jauchzend in der Luft herum. Sie verlor dabei einen mit Perlen bestickten Plüschpantoffel, den Kneifer und das Zervelatwurstbrot. Auch rutschte der rechte Strumpf herunter.

»Hö, hö, hö, hö«, schrie der herkulische Graf und schleuderte die Gräfin wieder in den Lehnstuhl.

»O, du Lieber, Guter! Noch immer der Alte, Wilde! O, du mein Gemahl!« stieß die Gräfin nach Atem ringend hervor.

»Man muß sich doch Bewegung machen, alte Schraube«, brüllte der Graf und setzte sich wieder an den Frühstückstisch, um im unterbrochenen Frühstück fortzufahren.

Es war schon eine Pracht, diese beiden Menschen in ihrer Harmonie und Liebe, die sich durch die vielen Jahre der Ehe so fest erhalten hatte, zu sehen.

»Nun, Johann, was hat Er?« rief der Graf einem alten, klapperigen Mann in grüner Livree, der langsam herangehumpelt kam, entgegen. Es war Johann, das alte Faktotum des Hauses. Bereits unter dem Vater des jetzigen Grafen diente er im Schloß. Er hatte Graf Eberhard als Kind auf den Knien geschaukelt, ihm Pfeilbogen und Weidenpfeifen geschnitzt. Er war mit dem Schlosse so verwachsen wie der alte Efeustock an der Westseite des Turmes.

Er brachte auf einer silbernen Platte, die das Wappen der Felsenhorst trug, einen Brief.

Gespannt schaute die Gräfin zu ihrem Gatten hinüber und wetzte erwartungsvoll auf ihrem Sitz hin und her.

»Graf Bodo will uns morgen besuchen«, löste Graf Eberhard die Erwartung seiner Gattin.

»Graf Bodo!« wiederholte die Gräfin freudig erregt. »O Gott, mein liebstes Goldlillichen, was würde ich mich freuen, wenn das etwas würde mit dem Grafen!«

»Du denkst an eine Heirat? Topp, das ist ein guter Gedanke!« Der Graf klatschte mit den flachen Händen auf seine Beine. »Graf Bodo ist, wie mir Baron Fettfleck von Deutz damals in Baden-Baden versicherte, von sehr altem Adel. Das genügt mir!« Der Graf trat an die Gräfin heran und schlug ihr vor Freude über den gefaßten Plan mit der geballten Faust auf die Achsel, daß es krachte. »Topp, topp, das wird gemacht!« schrie er laut.

»Du Lieber, Guter«, stöhnte Gräfin Hildegard, die durch den Schlag tief in den Lehnstuhl hineingetrieben worden war.

»Papächen, Papächen, Mutti, Mutti!« klang es jetzt wieder, aber deutlicher als zuerst, aus dem Park herüber, und plötzlich sprang aus dem Schatten der Bäume, wie ein junges Reh, ein mild-liebliches Mädchen von etwa achtzehn Jahren, mit Grübchen in den Wangen und mit einem weißen Hängekleide angetan. Sie stürmte in graziösen Sprüngen über den Rasen zur Terrasse. In der einen Hand schwang sie einen Strauß würziger Waldblumen, in der anderen hielt sie sorgsam ein mit Wasser gefülltes Einmachglas mit lebenden Kaulquappen.

Es war ein liebreizendes Bild voller Charme und natürlicher Grazie.

Die Eltern schauten sich gegenseitig bewundernd an. Der Mutter lief schleunigst eine Zähre über die Wange auf den Plüschmantel.

»Hier, Papächen, bringe ich dir liebe, kleine Kaulquappen für unser Aquarium«, begrüßte das Mädchen stürmisch den Vater und stellte das Glas vor ihn hin. »Und dir, liebe Mutter, zu deiner Genesung diese Blumen.« Sie legte der Gräfin den Strauß auf den Schoß und drückte ihr einen schallenden Kuß auf den Mund. Sie bekam von der Mutter, die noch ein Honigbrot gegessen hatte, ein wenig Klebriges an das Kinn. Aber was kümmert das, wenn sich Menschen lieb haben.

»Nun zugegriffen, du Wildfang. Du wirst Appetit haben nach dem Morgenspaziergang«, meinte die Mutter sorgend. Das ließ sich Lillichen nicht zweimal sagen. Hei, wie lockte der würzige Kaffee, die goldgelbe Butter, die blutroten Wurstscheiben, die duftenden Scheiben frischen Brotes, süßer Honigseim, alles auf blitzblanken Tellern, der Tisch mit weißem köstlichen Linnen überzogen.

Mit Wohlgefallen und Stolz schauten die Eltern auf ihr Kind, das eine Schnitte nach der anderen mit einer außergewöhnlichen Schnelligkeit verschwinden ließ.

Nachdem Lillichen noch ungefähr die ganze Zervelatwurst gegessen hatte, wurde sie auf einmal ernst und nachdenklich. Das lustige Lachen schwand von ihren Zügen. Ihre Augen verschleierten sich, nur ab und zu schaute sie mit einem Blick starker Sehnsucht zum Park hinüber.

»Weißt du, wer morgen kommt?« mischte sich die Gräfin, der die plötzliche, merkwürdige Veränderung nicht entgangen war, in das Sinnen ihrer Tochter.

Ja, Mutterauge sieht scharf, sieht verdammt scharf!

Lilli fuhr, wie aus einem Traum geweckt, empor: »Was, wer soll kommen?« fragte sie apathisch.

»Graf Bodo, Graf Bodo!« schrieen die Eltern auf sie ein mit einer Begeisterung, die man bei einem Hoch aufzuwenden pflegt.

»Warum sagt ihr das so laut?« Lillis große, runde Augen starrten verwundert die Eltern an.

»Weil dieser Besuch seine Bedeutung, eine ganz enorme Bedeutung hat. In diesem Besuch liegt dein Glück, deine Zukunft«, deklamierten Vater und Mutter.

»Was aber hat mein Glück mit dem Grafen Bodo zu tun?« meinte Lilli.

»Wir, deine treusorgenden Eltern, haben Graf Bodo, Sproß eines uralten Geschlechtes, dir zum Gatten ausgewählt. Du wirst nächsten Dienstag achtzehn Jahre. Nach dem Felsenhorstschen Hausgesetz müssen die Töchter spätestens mit dem achtzehnten Jahre verlobt sein. Du wirst dich also mit dem Grafen Bodo verloben, wie wir das wünschen!« Die Stimme des Vaters, die vorher so fröhlich geklungen, nahm jetzt einen scharfen, befehlenden Ton an. Wenn es sich um Dinge handelte, die die Tradition seiner Familie berührten, kannte er keinen Spaß. Er war eben dann ein echter Unstrut von Felsenhorst: Herz wie Stahl, Herz wie Stahl.

Wie ein Blitz aus heiterem Himmel traf Lilli diese Eröffnung. Als wohlerzogenes Kind verzichtete sie auf Widerreden, stand verstört vom Tisch auf, nahm ihr Glas mit den Kaulquappen und ging laut schluchzend in das Schloß. Sie sagte fast erstickt von Tränen nur einmal: »Theobald!«

Graf Eberhard packte der Zorn, jener Zorn, der von alters her im Blute der Felsenhorst gärte, schlug mit der Faust auf den Tisch, daß das Kaffeeservice durcheinanderflog und an der Milchkanne der Ausguß abbrach. »Wer hat hier zu bestimmen? Ich bin der Vater, der Vater. Wer ist der Vater? Ich, ich, ich!« schrie er mit aller Kraft. Da das niemand bezweifelte, wurde er noch wütender.

»Was sagte sie noch – Theobald?« Der Vater bekam einen Wutkrampf.

»Laß sie sich ruhig erst mal sammeln, laß sie zu sich kommen. Das ist doch für ein junges Mädchen ein Schritt fürs Leben. Sie wird schon zur richtigen Erkenntnis kommen«, suchte Gräfin Hildegard ihren Gatten zitternd zu beruhigen. »Außerdem ist von der Milchkanne die Schnute abgebrochen. Die wird man vielleicht mit Syntetikon wieder kitten können«, fügte sie zaghaft hinzu.

»Es heißt nicht Schnute, es heißt Ausguß«, brüllte sinnlos vor Wut der Graf. Dann blickte er seiner Gattin starr in die Augen, gab dem Neufundländer einen Tritt in die Weichen und ging mit wuchtigen Schritten, scharf vor sich hinpfeifend, in den Park.

Lilli von Felsenhorst war verliebt, grenzenlos verliebt. Im Walde hatte sie ihn getroffen, den jungen Maler Theobald Rüstig, fast täglich. An schönen Blicken baute er seine Staffelei auf und lag fleißig seiner Kunst ob. Er glich einem Südländer mit seiner braunen Gesichtsfarbe und seinen herrlichen schwarzen Augen. Schwere dichte Locken fielen ihm bis auf die Schultern. Er trug einen kleidsamen schwarzen Samtanzug, der sehr prall saß. Um den Hals hatte er einen buntfarbigen, verwegen flatternden Schlips.

Erst war Lilli bei diesen zufälligen Zusammentreffen stolz wie eben eine echte Felsenhorst an ihm vorübergegangen, kaum seinen höflichen, zurückhaltenden Gruß erwidernd. Dann aber konnte sie ein liebes Lächeln in ihrem Gegengruß nicht mehr zurückhalten. Und eines Tages sprachen sie miteinander. Wie es denn mit jungem Liebesvolk zu gehen pflegt, so geschah es auch hier. Gott, ja. Erst wechselte man nur einige flüchtige Worte, dann setzte man von Tag zu Tag einige Minuten zu, bis man zuletzt manches Stündchen im Wald versteckt plauderte.

Der Maler Theobald Rüstig war ein Ehrenmann durch und durch. Nur ein einziges Mal ließ er sich hinreißen, Lilli einen Kuß auf die Hand zu geben. Sonst blieben ihre Liebkosungen auf einen Händedruck beim Abschied beschränkt Er war, wie gesagt, ein Ehrenmann vom Scheitel bis zur Sohle. Er hatte seine strengen Grundsätze und hätte sich nie unterfangen, die junge Komtesse ohne Einwilligung der Eltern oder eine offizielle Legitimation auf den Mund zu küssen.

Die beiden liebten sich maßlos und waren sich klar, daß sie füreinander fürs Leben bestimmt waren.

Zwar war der Maler arm wie eine Kirchenmaus, und es fiel ihm schwer, das bißchen für seinen bescheidenen Unterhalt zu erwerben. Dazu kam noch, daß er aus seinen knappen Mitteln die frühere Waschfrau seiner verstorbenen Mutter, die Witwe Bunke, und ihre Kinder unterstützte. Er ließ ihre Jungen studieren, die Witwe alljährlich nach Ostende oder Biarritz zu ihrer Erholung gehen und kaufte den Töchtern Karten für Bayreuth.

Ja, er war ein Ehrenmann, die Seele von einem Menschen. Lilli und Theobald waren überein gekommen, daß Theobald, sobald er sein großes Gemälde »Rübezahl« verkauft hätte, beim alten Grafen um die Hand seiner Tochter anhalten sollte.

An jenem Morgen, an dem sich die Szene auf der Terrasse abspielte, saß Theobald, nachdem ihn Lilli verlassen hatte, stundenlang grübelnd, den Kopf in die Hände vergraben vor seiner Staffelei. Plötzlich schreckte ihn ein Lärmen und Geschrei in der dichtesten Nähe aus seinen Gedanken auf. Ein Schuß fiel. Es wurde um Hilfe gerufen. Es fiel noch ein Schuß.

Er sprang auf, packte seine Palette, stürzte durch das Gebüsch und fand nach wenigen Sätzen den Grafen Eberhard, überwältigt von zwei Räubern, am Boden liegen, sie waren gerade dabei, ihn zu berauben. Theobald, nicht faul, schleuderte seine Palette und traf den einen Räuber mitten in das Gesicht. Infolge der dick aufgesetzten Farben blieb die Palette fest in dem Gesicht des Räubers kleben. Seinen Spießgesellen brachte der junge wackere Mann mit einem Dschiu-Dschitsu-Schlag zu Fall. Er band die Mordbuben mit ihren Hosenträgern und legte sie nebeneinander.

Er wandte sich nun dem Überfallenen zu, der mit geschlossenen Augen, schwer atmend, da lag. Er hatte eine blutige Wunde an der Stirn. Sein Hut war durchlöchert. Theobald legte ihm sein zufällig nasses Taschentuch auf den Kopf, was zur Folge hatte, daß Graf Eberhard die Augen aufschlug und sich mit aller Energie aufrichtete. Der eine Räuber knirschte vor Wut. Der mit der Palette war an Gummigutt erstickt.

»Seien Sie bedankt, junger Freund«, sagte der Graf sehr edel, »Sie haben den Grafen Felsenhorst gerettet. Wissen Sie das zu würdigen? Es war ja nicht schwer, da ich diese Räuber bereits fast kampfunfähig gemacht hatte. Wie soll ich Sie belohnen? Hier haben Sie meine Pfeife und vier Mark. Dem Samtanzug nach scheinen Sie Maler zu sein. Ich kaufe Ihnen gelegentlich ein Bild ab. Schreiben Sie mir Ihre Adresse auf.«

Völlig fassungslos reichte ihm Theobald seine Visitenkarte.

Gendarmen haben feine Ohren. Welche hörten die Schüsse, folgten zu viert ihrem Schall und tauchten bald an der Stelle der Untat auf. Sie schrieben vor allen Dingen die Namen aller Beteiligten in dicke Bücher, die sie zwischen dem siebenten und zehnten Knopf vorne im Rocke stecken hatten. Dann bemächtigten sie sich der Unholde und zogen ab. Der Erstickte eignete sich nicht zum Marschieren. Er mußte getragen werden. Der andere Räuber knirschte.

Jeder der Gendarmen bekam von dem Grafen eine Zigarre und achtzig Pfennig.

Der Graf schaute flüchtig auf die Karte, die ihm Theobald gab. Seine Augen traten vor den Kopf, die Ader auf der Stirn schwoll an. Er trat mit wutverzerrten Zügen auf den Maler zu und brüllte ihm in das Gesicht: »Theobald? Hüten Sie sich, Mensch!«

Dann drehte er sich um und verschwand im Gebüsch.

Theobald stellte sich an einen Baum und weinte bitterlich.

Graf Bodo war auf dem Schloß Felsenhorst angekommen. Er wurde mit dem größten Aufwand empfangen. Man legte bis zum Automobil rote Läufer, und Lorbeerbäume flankierten den Aufgang. Die Knechte und Mägde in Tirolerkostümen bildeten teilweise Spalier, und teilweise erfreuten sie den hohen Gast durch Reigen und Gesang. Es wurde rotes bengalisches Feuer abgebrannt, obgleich es heller Tag war.

Die markige Natur des Grafen Eberhard hatte die Folgen des gestrigen Überfalls schon völlig überwunden.

Lilli fügte sich in den Befehl des Vaters und die Vorstellungen der Mutter und begrüßte in einem weißen, oben durchlochten Batistkleid, einen radgroßen Blumenkranz auf dem Kopf, in jeder Hand einen Geranientopf, mit einem entzückenden Begrüßungsspruch, der anfing: »Willkomm, willkomm«, den Gast. Sie tat alles mechanisch und schaute in jedem unbewachten Augenblick sehnsüchtig zum Walde hinüber.

Dieser Graf Bodo, in roter Husarenuniform, machte einen wenig Vertrauen erweckenden Eindruck mit seinen unsteten Augen und einem Zug von Brutalität und Verschlagenheit um den Mund. Sein forciert liebenswürdiges Benehmen konnte nicht das Unbehagen, das man in seiner Gegenwart empfand, verscheuchen.

Der Widerwillen und das Mißtrauen gegen den Grafen Bodo wuchs mit jedem Augenblick bei Lilli.

Graf Eberhard nahm nach der Empfangszeremonie seinen Besuch in sein Privatkontor, um die geschäftliche Seite der Verbindung Bodos mit seiner Tochter zu besprechen.

Lilli benutzte diesen Augenblick, um mit ihrem Einmachglas in den Wald zu verschwinden. Es waren wohl nicht die Kaulquappen allein, die sie in den Wald trieben.

Es war ein prächtiges Mahl gerichtet auf Schloß Felsenhorst. Ein Mahl von üppiger Fülle und Verschwendung. Acht Gänge. Ein Fanfarenstoß zeigte den Beginn an. Man versammelte sich in dem Speisesaal im Stile Pipins des Kleinen.

Es war bereits seit dem Fanfarenstoß eine halbe Stunde vergangen. Lilli war noch nicht erschienen. Die Eltern wurden unruhig. Im Grafen Eberhard gärte es. Man sandte Boten im Schloß und im Garten herum. Graf Bodo kaute an seinem schwarzen, gewichsten Schnurrbart. Das Roastbeef bekam eine Kruste.

Man fand Lilli nicht, die Sendboten kamen erfolglos zurück.

Die Stimmung wurde gespannt und unheimlich. Graf Eberhard glich einem Vulkan. Gras Bodo war käsebleich. Gräfin Hildegard dachte an das Roastbeef.

Plötzlich öffnete sich die Tür, und herein traten anstatt der Erwarteten die vier Gendarmen aus dem Wald. Zwei postierten sich mit gezogenem Säbel und Revolvern an der Tür, während die anderen mit drohenden Waffen auf den Grafen Bodo zugingen und ihn im Namen des Gesetzes verhafteten.

Die Hand Graf Bodos zuckte nach einer Waffe in der Tasche, aber schon packten ihn die kräftigen Fäuste der Diener des Gesetzes, und im Augenblick war er gefesselt.

Graf Eberhard war erst völlig fassungslos. Dann tobte er wie ein wildes Tier und verlangte die Freilassung seines Gastes, für den er sich verbürgte.

Einer der Gendarmen reichte ihm ein Schriftstück, den Haftbefehl: Graf Bodo war kein Graf. Er war seines Berufes Kellner. Er war ein gefährlicher Hochstapler und Raubmörder. Die Morde an der Gemüsehändlerin Muffke, an dem Rotundenfräulein Mieze Pflaum und an dem Almosenempfänger Peter Blömmel wurden ihm zugeschrieben. Durch diese Untaten war er in Besitz enormer Vermögen gekommen. Er war Anführer einer Verbrechergesellschaft.

Der von dem Überfall im Wald übrig gebliebene Räuber, der zu Bodos Bande gehörte, hatte ihn bei seiner Vernehmung verraten.

Graf Eberhard schleuderte dem Gefesselten einen verachtungsvollen Blick zu und sagte lediglich: »Pfui, bah! Hinaus Gezücht, Gezüüüücht!«

Die Gräfin Hildegard war eigentlich in Ohnmacht gefallen, aber, da niemand sich um sie kümmerte, wieder wach geworden. Sie litt unter der Sorge um das schöne Roastbeef.

Der Graf Eberhard alarmierte das ganze Schloß zur Suche nach Lilli. Er voran mit seinen guten Schweißhunden. Zu einem Tümpel führte die Spur der Gesuchten, in welchem sie die Kaulquappen zu fangen pflegte.

O schreckliches Bild! Zwei Menschen in dem Tümpel von zum mindestens einem Meter Tiefe, Theobald und Lilli. Sie war beim Quappenfang in den Tümpel gerutscht. Er, der junge Maler, nicht faul, sofort ihr nach. Er hielt sie fest in seinen Armen, konnte aber nicht loskommen, da er sich in Schlinggewächsen verwickelt hatte. Seine Kräfte drohten zu erlahmen. Lilli benutzte die Gelegenheit, ihn abzuküssen.

Man reichte ihnen Stangen und warf ihnen Seile zu, und es gelang, die beiden aufs Trockene zu ziehen.

»Mein Sohn, mein lieber Schwiegersohn«, sagte der alte Graf mit von Tränen fast erstickter Stimme und umarmte Theobald. Alle Härte war von ihm gewichen. Eine schöne Elternmilde war über ihn gekommen.

»Mein Sohn, mein lieber Schwiegersohn. Mir rettetest Du das Leben, meine Tochter bewahrtest du vor dem gräßlichen Tod in dem Tümpel. Werdet Mann und Frau!« Er führte die beiden völlig mit Schlamm bedeckten Liebesleute zusammen und legte ihre Hände ineinander.

Die Knechte und Mägde sangen: »Wer hat dich, du schöner Wald, aufgebaut.«

Das Roastbeef war schon ziemlich verbraten, als man ins Schloß zurückkam, aber die Wiener Schnitzel waren noch zu essen. Gott, was fragen auch glückliche Menschen nach so etwas. –

So wurde aus Theobald und Lilli doch ein Paar. Die Liebe siegte über die Tücken des Schicksals und den harten Sinn adelsstolzer Eltern.

Von Menschen und Tieren

Der Tierfreund

Möbus Enterich hatte schon in seiner Jugend eine ausgesprochene Vorliebe für Tiere. Tiere waren ihm lieber als Menschen, sogar lieber als Eltern und Geschwister.

Das erste Tier, das ihn besonders fesselte, war der Mehlwurm. Der Gärtner Felix Grassam von nebenan beschäftigte sich außer seinem Gewerbe noch mit der Vogelzucht. Als besondere Leckerbissen für seine Vögel zog er in mit Kleie gefüllten Kisten Mehlwürmer. Möbus, der sich viel bei dem Gärtner herumtrieb, interessierte sich ungemein für diese Tiere, die erst Würmer waren, dann eines Tages kleine, weiße Dinger wie Bonbons und schließlich über Nacht braune Käfer wurden wie durch eine Zauberei. Das war ihm unerklärlich und beunruhigte ihn maßlos. Der Gärtner sagte, das täten die Mehlwürmer immer, vielleicht weil sie sich langweilten, die weißen Bonbons nenne man Puppen. Vater und Mutter Enterich waren ungehalten und verboten ihm, sich mit solchen häßlichen Tieren zu beschäftigen. Die Tante Pöpel sagte, so was: einmal Wurm, einmal Käfer, das sei gelogen und Lügen sei eine Sünde. Man schenkte Möbus ein kleines aus Holz gemachtes, mit weißer Watte beklebtes Schäfchen, das auf einem grünen Brett mit vier Rädchen lief und, wenn man am Schwanz zog, mäh, mäh hören ließ. Das Schäfchen war Möbus von vornherein schon zu dumm und zu langweilig.

Eines Tages bekam er vom Gärtner Grassam auf fortwährendes Bitten und zehn Zigarren, die er dem Vater gemopst hatte, eine Zigarrenkiste mit Kleie gefüllt, in der 78 fette Mehlwürmer es sich gut sein ließen. Er stellte die Kiste unter sein Bett. Die Mehlwürmer veränderten sich, wie beim Gärtner. Möbus hatte sie am liebsten als Würmer. Es wurden immer mehr. Eines Tages lief die Kiste über. Möbus wußte sich zu helfen und richtete in der Kommode mittels Kleie eine Stätte für die zweite Partie Mehlwürmer ein. Die Eltern hatten noch nichts gemerkt. Nur ab und zu trat man auf einen Mehlwurm, der seinem Kleieasyl entschlüpft war. Tante Pöpel glitschte auf einem Mehlwurm aus und verrenkte sich das Bein. Der Vater sagte, eine Apfelsinenschale wäre der Grund gewesen.

Möbus durfte mit den Eltern auf acht Wochen zur Sommerfrische in die Eifel gehen. Er versorgte vor der Reise seine Mehlwürmer mit neuer Kleie. Komisch, es wurden immer mehr. In der mit Kleie gefüllten Botanisiertrommel nahm er 210 der lieben Tierchen heimlich mit. Neben dem Gasthaus von Jupp Finger, wo die Familie Enterich abgestiegen war, befand sich ein Tümpel. Hier machte Möbus zum erstenmal Bekanntschaft mit Kaulquappen. In einem Einmachglas brachte er eine Faust voll dieser lustigen Wackelschwänze in das Gasthaus. Heimlich stellte er sie in den Nachtschrank.

Bei Tisch gab es einen großen Krach. In der Suppe fand Postsekretär Stempeltupf fünf Mehlwürmer. Der Wirt Finger blieb dabei, es wären dicke Nudeln, nahm aber die Suppe zurück und brachte andere Suppe. Möbus nahm sein Taschentuch hervor, um dahinter zu lachen. Er dachte nicht daran, daß er eine Hand voll Mehlwürmer in der Tasche hatte und einige Kaulquappen. Die Tiere fielen mit dem Taschentuch heraus und verstreuten sich über den Tisch. Nie ist Möbus so verhauen worden wie jetzt. Man inspizierte das Zimmer, wo Möbus schlief, und fand überall, in allen Ecken Mehlwürmer und kleine Frösche, die zum Erstaunen von Möbus aus den Kaulquappen in unglaublicher Weise entstanden waren. Wieder Tiere, die immer was anderes wurden.

Enterichs mußten am gleichen Tage unter Verfluchung der Wirtsleute und der anderen Gäste ausziehen. Für die Beseitigung des Ungeziefers waren 150 Mark mehr zu bezahlen. Möbus wurde nochmals schwer verhauen. Als Enterichs nach ermüdender Fahrt, verärgert durch die Schererei in der Eifel, nach Hause kamen und im Hausgang, in allen Zimmern, auf der Treppe, im Klavier, in den Betten, in der Küche, in den Kochtöpfen, im Nähtisch Millionen von Mehlwürmern fanden, die stellenweise fußhoch lagen, erhielt der Tierfreund Möbus wieder Hiebe, wie er sie nie zuvor besehen hatte. Die Mehlwürmer hatten sich irrsinnig vermehrt. 30 Kammerjäger kämpften drei Wochen mit den Würmern. 70 Pferdekarren voll wurden weggeschafft und in ein leeres Bergwerk geschüttet.

Möbus kam sofort in eine strenge Erziehungsanstalt. Aber seine Vorliebe für Tiere ließ sich nicht austreiben. Immer trug er heimlich einen Frosch oder eine weiße Maus oder ein Rotkehlchen oder eine Kreuzotter oder eine Fledermaus oder eine Hornisse in der Tasche.

Nun biß ihn eines Tages eine Viper, die er bei sich trug, und eine schmerzhafte Operation war die Folge. Für kleines Getier verlor er mit der Zeit die Lust und warf sich mit verstärktem Interesse auf größere Tiere, wie Katzen, Hunde, Enten, Truthähne und Hühner.

Als er seine Studien beendigt hatte, schickte ihn sein Vater zur Ausbildung nach London in das große Bankgeschäft Waterproof Sons Ltd. Die Engländer nannten ihn Möubes Entereitsch. Seine Vorliebe für Tiere war die gleiche geblieben. Er brachte fünfzehn Hühner, zwei Hähne, einen Truthahn, fünf Enten, zwei Doggen und einen Kater nebst Katze, in großen Körben verpackt, mit. Er fand in der Cobbler Street eine Wohnung mit drei Zimmern und großem Balkon auf der vierten Etage. Der Balkon war gerade recht für seine Tiere. Unbemerkt von dem Hauswirt Mr. Potatoe gelangte Möbus mit seiner Menagerie in die vierte Etage. Er installierte die Hühner, den Truthahn und die Enten auf dem Balkon und gab ihnen ihr Futter. Die Katzen und die Doggen ließ er in der Wohnung. Schon in der ersten Nacht brach das Federvieh, ungewohnt der neuen Aufbewahrung, in ein kakophonisches Konzert aus. Ein jedes klagend in seiner Art. Die Doggen begannen im Zimmer zu kläffen, der Kater sang sein Liebeslied. Fenster wurden allenthalben aufgerissen, und irgendwo fiel ein Schuß, der ein Fenster der vierten Etage zerschmetterte. Möbus sah die Gefahr für seine Lieblinge. Schimpfworte, Drohungen, Rufe nach dem Policeman schallten durch die Straße. Möbus jagte das Geflügel in sein Schlafzimmer. Mr. Potatoe beschwerte sich schon früh am nächsten Morgen über diese Störung und drohte, wenn die Tiere nicht abgeschafft würden, den neuen Mieter samt seinem Viehzeug zu exmittieren. Möbus steckte die Hühner und die Enten in den Kleiderschrank, den Truthahn, die Doggen und die Katzen in große Rohrplattenkoffer. Mr. Potatoe, der am Abend revidierte, ob das Viehzeug weg sei, war befriedigt von dem Befund. An den Kleiderschrank und die Rohrplattenkoffer im Schlafzimmer dachte er nicht. Möbus ließ in der Nacht aus Mitleid und Tierliebe die sehr verdrückten Hühner und Enten auf den Balkon an die frische Luft. Ein Huhn hatte ihm in seine Fracktasche ein Ei gelegt. Natürlich erhoben die Freigelassenen sofort ein gellendes, durch die Nacht schneidendes Geschnatter und Gegacker um die Wette. Allgemeiner Protest. Aufgerissene Fenster. Ein Hagel von Browningschüssen durchbohrte von allen Seiten das Federvieh auf dem Balkon. Mr. Potatoe schlug mit einem Beil die Tür ein. Nur eine tätige Henne, die schnell ins Zimmer gelaufen war, um noch ein Ei vor ihrem Tode zu legen, war seltsamerweise verschont geblieben. Möbus öffnete die Rohrplattenkoffer. Der Truthahn lief, beide Katzen eingekrallt auf dem Rücken, schleunigst auf den Balkon, machte einen Hupser und sprang über das Gitter von der vierten Etage hinunter auf die Straße. Er vergaß, daß er nicht fliegen konnte, und zerschellte. Die Katzen verschwanden im Kellerloch. Die treuen Doggen bissen den Hauswirt ins Bein, er erschlug sie mit dem Beil. Möbus Enterich saß in der Sofaecke und weinte über das Unglück und den Verlust seiner Lieblinge.

Am nächsten Tage zog er aus.

Er stürzte sich, um die Tiere zu vergessen, in seine Arbeit bei Waterproof Sons Ltd. Das einzige Tier, das er bei sich führte, war ein Dackel. Hunde waren seine unbedingte, ausgesprochene Liebhaberei geworden. So einen wertvollen, unbezahlbaren Rassehund zu besitzen, war sein sehnlichster Wunsch.

Er spekulierte, wie alle Angestellten der Bank Waterproof Sons Ltd., an der Börse. Eines Tages leuchtete ihm das Glück. Durch seine Gold-Shares gewann er 60000 Pfund. Er war auf einmal ein reicher Mann geworden. Jetzt konnte er seiner Hundeliebhaberei nach Herzenslust nachgehen. Er kaufte sich eine an der Themse gelegene Villa.

Auf einer Hundeauktion in Birmingham, wo die wertvollsten Hunde zum Verkauf standen, erwarb er den kostbarsten Hund, der je auf dem Markt war. In allen Almanachen edler Hunde stand an erster Stelle King Bell M. P. Wau-Wau Caro N. L. A. 769, nachgewiesen der längste und krummbeinigste Dackel, der je lebte. Der Stammbaum dieses fabelhaften Dackels war bis in das Jahr 1066 zurückzuführen, wo sein Ahn als steter Begleiter Wilhelms des Eroberers die Schlacht bei Hastings mitmachte.

Und diesen einzigen Dackel erwarb Möbus Enterich für 10000 Pfund. Die kynologischen Fachblätter brachten spaltenlange Artikel über King Bell M. P. Wau-Wau Caro N. L. A. 769 und seinen Käufer. Bilder zeigten Möbus mit seinem berühmten Dackel. Hundeliebhaber kamen in Mengen, um den Hund zu sehen. Aber es war so schwer wie eine Audienz am Hofe, bei dem Dackel vorgelassen zu werden.

Möbus vergötterte den Dackel. Er engagierte einen Pariser Spezialkoch für die Verpflegung des vornehmen Hundes. Zwei Boys leisteten dem Dackel fortgesetzt Gesellschaft, sie bekamen, wie der Koch, Ministergehälter. Eines Tages fühlte sich King Bell M. P. Wau-Wau Caro

N. L. A. 769 nicht ganz wohl, er ließ die Portion gebackener Austern stehen. Möbus war sehr besorgt. Der erste Tierarzt Englands, Mr. Pain Expeller P. C. C., wurde herbeigerufen. Er machte ein ernstes Gesicht und hielt es für richtig, die Nacht am Lager des Dackels zu wachen. Möbus befand sich in einer entsetzlichen Angst. Daß er nicht daran gedacht hatte, dem wertvollen Hund von Anfang an einen Leibarzt zu bestellen! Er schlug der Tierheilautorität vor, für ein Gehalt von 4000 Pfund pro Monat dieses verantwortungsvolle Amt zu übernehmen. Mr. Pain Expeller P. C. C. nahm das Anerbieten an, forderte aber 5000 Pfund, die ihm auch bewilligt wurden. Aber trotz der 5000 Pfund war King Bell M. P. Wau-Wau Caro N. L. A. 769 nicht zu bewegen, die gebackenen Austern, selbst in einer Tunke von Salanganennestern, zu sich zu nehmen.

Möbus war in größter Sorge. Als der Zustand des Hundes immer bedenklicher wurde, kam Mr. Pain Expeller P. C. C. auf die Idee, französischen Champagner, die teuerste Sorte, die die Witwe Cliquot im Keller hatte, mit Dottern von Kiebitzeiern zu quirlen. Das schlürfte der feine Rassehund mit Behagen. Das wurde jetzt seine regelmäßige Nahrung. Möbus, erfreut über den wieder gekommenen Appetit seines Dackels, verlieh dem Tierarzt eine Extragratifikation von 3000 Pfund.

Eines Tages bemerkte man, daß der Hund immer größere Portionen der exquisiten Suppe verlangte und nach dem Genuß dieser doppelten, dreifachen Portionen ausgelassen herumsprang, was sonst seiner vornehmen Art nicht eigen war. Nach vier Monaten zeigte er alle Zeichen eines ausgesprochenen Deliriums. Sein Huschen unter die Schränke, sein wildes Hin- und Herjagen, als ob er etwas fangen wolle, verriet dem berühmten, sich nie täuschenden Arzt Mr. Pain Expeller P. C. C., daß der Hund weiße Mäuse sah.

Das war ein schlimmer Schlag für Möbus, als der Tierarzt ihm das Schreckliche eröffnete. Sein ruhiger vornehmer Hund von altem Adel hatte das Delirium, stellte sich auf den Kopf, biß sich in den Schwanz und raste umeinander, fuhr Schlitten über die Smyrnas. Was tun? Schon hatte Mr. Pain Expeller P. C. C. einen trefflichen Einfall. In Moskau existierte eine Anstalt, die speziell wegen ihrer heilsamen Kuren bei Delirium weltbekannt war. Nichts war Möbus zu viel. Im Extradampfer, im Extrasalonwagen, begleitet von Mr. Pain Expeller P. C. C., den beiden Boys und dem Pariser Koch, reisten Möbus und sein Dackel nach Moskau. Für die Heilung seines unersetzlichen Hundes gab Möbus die letzten Reste seines Vermögens.

Der berühmte Professor Fedorowitsch Wutti Rumfutsch in Moskau nahm den Dackel King Bell M. P. Wau-Wau Caro N. L. A. 769 gegen einen entsprechenden Vorschuß in seine Delirium-Abteilung auf. Zwei Monate befand sich King Bell M. P. Wau-Wau Caro N. L. A. 769 in der Behandlung des berühmten Spezialisten. Aber täglich wurde sein Zustand schlimmer, er lief bereits an den Wänden hinauf. Eines Morgens war er tot. Das war für Möbus die schwerste Katastrophe seines Lebens. Schweren Herzens, um seinem Liebling stets nahe zu sein, ließ er sich aus dem Fell eine Pelzmütze machen. Der Körper wurde in Spiritus gesetzt und dem Britischen Museum gestiftet.

Der Kontoauszug der Bank wies noch einen Kredit von zwei Pfund auf.

Ein seinem verstorbenen Dackel entfernt ähnlicher Hund, den Möbus auf der Straße zu streicheln versuchte, biß ihn in die Hand. Möbus starb an diesem Biß. Der Hund hatte die Tollwut.

Die vierbeinige Gefahr

Herr, die Not ist groß!
Die ich rief, die Geister,
Werd' ich nun nicht los –

klagt Goethes Zauberlehrling, klagten die Menschen, als sie sich bewußt wurden, was sie mit der Erziehung der Pferde zu denkenden Wesen angerichtet hatten.

Das intellektuelle Pferd, dessen Denken der ahnungslose Mensch durch harmlose Zahlen- und Buchstabenexperimente weckte, wurde in seiner unaufhaltsam fortschreitenden, starken geistigen Entwicklung von Generation zu Generation ein schwer wiegender Faktor, der sich eines Tages riesengroß und unerbittlich in die überlieferten Institutionen der Menschen schob.

»Gleiches Recht für Pferd und Mensch!«

»Was dem Menschen recht, ist dem Pferde billig!«

Mit dieser Forderung, mit diesem Schlagwort traten die intellektuellen Pferde aus ihrer tierischen Reserve an die Menschheit heran. Sie verlangten Aufnahme in das Staatswesen und in die Gesellschaft als vollwertige Bürger.

Es wurde ein Zentral-Komitee mit dem Sitz in Elberfeld gebildet. Von hier ging eine eindringliche, wohlorganisierte Propaganda aus, die einen Zusammenschluß aller gleichgesinnten Pferde und eine einheitliche Stellungnahme in dieser so wichtigen Existenzfrage erstrebte.

Die überwiegende Mehrzahl der Pferde trat der Emanzipationsbewegung bei.

Nur eine geringe Anzahl geistig schwach entwickelter Pferde ohne Freiheitsgefühl und fortschrittliches Interesse kümmerte sich nicht um die Evolutionen einer neuen Zeit.

Die intellektuellen, positiven Massen sammelten sich im festen Bestreben, unter allen Umständen und mit der größten Energie den Menschen gegenüber ihre Ansprüche auf Gleichberechtigung durchzusetzen.

Man tat alles, was dem förderlich war.

Vereine wurden gegründet. Politische Stammtische entstanden. Zeitungen und Flugblätter kündeten die Maximen des Zentral-Komitees.

Delegierte wurden gewählt, die auf den regelmäßig stattfindenden Versammlungen in Elberfeld die Interessen ihrer beauftragten Verbände zu vertreten hatten.

Die Pferde standen nicht alle auf dem gleichen Niveau der Bildung, es war genau wie bei den Menschen. Namentlich haperte es bei vielen Pferden noch bedenklich mit der Sprache. Klar und deutlich sprachen im Grunde nur wenige. Bei den meisten kamen die Sprachlaute gröhlend und unrein wie die Stimme eines ausgesungenen alten Komikers. Man gewöhnte sich aber auch an dieses unharmonische und unfertige Sprechen, welches dem bisherigen umständlichen Hufklopfsystem, das dem Pferde als erste Äußerung des Intellektes von den Menschen beigebracht worden, unbedingt vorzuziehen war. Es gab noch derartige, weniger begabte Pferde, die zum Ausdruck ihrer Gedanken auf die überholte Klopfmanier angewiesen waren und stets ihre Zahlen- und Buchstabenbretter wie Notenmappen umhängen hatten.

Sie mußten natürlich hinter die sprechenden Pferde zurücktreten. Die meisten aber waren bemüht, sich mit der Kunst des Sprechens vertraut zu machen, und besuchten die Mittwochs und Samstags bei einer gebildeten Stute stattfindenden Sprachkurse. Dort nahm das bildungsbeflissene Pferd auch seine Klavierstunden.

Der große Tag kam, der Tag des großen Pferde-Dings in Elberfeld.
Alle Rassen vom edelsten Vollblüter an bis zum Pferde gemeinen Schlages waren vertreten.

Dort standen in einer Gruppe mehrere englische Vollblüter, glatt rasiert, nach der letzten Mode der Bond Street gekleidet, mit kurz zugestutzten Mähnen, und mokierten sich in unterstrichen arroganter Weise über andere, nicht so gut gekleidete Pferde. Trakehner mit dicken Upman-Zigarren zwischen den Zähnen, mit eleganten Bügelfalten und lackierten Hufen, Schweif und Mähnen mit Kosmetik steil aufrecht »es ist erreicht« gekämmt, benahmen sich höchst anmaßend und warteten, daß sie von den anderen Pferden zuerst gegrüßt würden. Sie machten sich laut und unanständig lustig über eine Gruppe biederer Oldenburger Pferde in Landestracht und mit qualmenden Pfeifen. Ein Orlow-Traber mit weißer Weste und einem Kneifer lief geschäftig umher und stellte sich überall vor. Einige abseits stehende Pferde kratzten sich fortgesetzt unruhig mit den Hufen; es waren sogenannte Jucker. Sie standen ziemlich isoliert; man mied sie und rückte ab. Belgische Kaltblüter stellten sich breitbeinig überall in den Weg; einige repetierten für sich aus dem Sprachführer. Einen betrüblichen Eindruck machte eine Anzahl klapperiger, rassenloser Gäule, die wie schiefe Holzgestelle, mit durchgedrückten Knien und hängenden Köpfen im Gefühl der Nichtigkeit herumstanden. Dazu trugen sie noch jene lieben Sonnenstrohhüte, die der Mensch in seiner Güte, als Auftakt einer kulturgemäßen, fortschrittlichen Bekleidung, den Droschkengäulen einst stiftete.

Korpulente Ardenner, an den Uhrketten schwere goldene Berlockes, schäkerten mit niedlichen, schicken, lockeren Ponystuten, deren Mähnen zu lustigen Löcklein und deren Schweife zu graziösen Pleureusen frisiert waren; sie trugen Ledertäschchen bei sich. Diese entzückenden Geschöpfe waren wohl kaum aus politischen Gründen zum Meeting gekommen. Ein vierschrötiger Ardenner, der nach Kognak roch, mußte wohl einen anzüglichen Witz gemacht haben, die Ponys kicherten in ihre Taschentücher und platzten schließlich laut aus. Ein Pony verlor Haarnadeln.

Ein Hunter, der übelgelaunt in der Nähe stand, schüttelte mißbilligend den Kopf. Er war verdrossen, daß er so allein war und die Ponys auf sein Augengeblunzel nicht reagierten. Er grub ärgerlich seine Hufe in die Taschen seines Paletots.

Mehrere frauenrechtlerische Stuten in Reformkleidung waren auch erschienen. Sie trugen die Mähnen zu Brezeln geflochten über den Ohren.

Man sah hier und da sprachunkundige oder unsichere Pferde, die sich zur Vorsicht ihre Zahlen- und Buchstabenklopfbretter mitgebracht hatten. Im Grunde war es ihnen peinlich, und sie wurden rot, wenn man sie fixierte. Ja, ja, Nichtwissen ist beschämend.

Das Durcheinander von Stimmen, Scharren und Klopfen, von gelegentlichem atavistischem Wiehern, das Gekicher der losen Ponys wurde plötzlich von einem gellenden Trompetenstoß, den dreißig als Herolde verkleidete Karrenpferde von sich gaben, unterbrochen.

Füllen, in der Uniform von roten Radlern, drangen in die Menge ein und forderten auf, die Plätze in der riesigen Dinghalle, die einst als Luftschiffhalle diente, einzunehmen.

Ein Schieben und Stoßen und gegenseitiges Auf-die-Hufe-Treten begann. Namentlich am Eingange war das Gedränge fast lebensgefährlich. Einer frauenrechtlerischen Stute trat man die Stoßlitze vom Kleid. Einem Ardenner stahl man die Börse. Ein Rotes-Radler-Füllen wurde erdrückt. Ein trauriger Droschkengaul verlor sein Sonnenhütchen.

Es dauerte eine Weile, bis alle Pferde, nach Rassen und politischer Überzeugung sortiert, ihre Plätze eingenommen hatten.

Neben den Juckern wollte niemand sitzen.

Auf dem Podium, das den Saal beherrschte, standen rote Plüschsessel und mit grünem Tuch überzogene Tische. Auf jedem Tisch standen eine Wasserflasche und ein Glas. An den Wänden waren auf Wandbrettern Gipsbüsten von berühmten Pferden, von Hans II., Muhamed, Zarif, Rosinante, Grane, Pegasus u. a., aufgestellt.

Ein alter Schimmel, scheinbar an Podagra leidend, im eleganten mit Orden geschmückten Überrock, wurde von zwei Pferden im Smoking, die schwarze Ledermappen trugen, die Treppe zum Podium hinaufgeführt und in dem roten Sessel, der unterschiedlich von den anderen mit einem sogenannten hohen Haupt, mit vergoldetem Emblem, geschmückt war, niedergesetzt.

Der alte Schimmel war das Oberroß Graf Bertram von Hafersack-Trense aus einer alten Trakehner Familie. Er war der Führer und tatkräftige Organisator der Pferdebewegung. Er leitete mit großem Geschick die Versammlungen. Stellvertretender Vorsitzender und der rechte Huf des Grafen war Isidor Pleißen-Kohn, ein bewährter Finanzmann und gerissener Diplomat. Isidor Pleißen-Kohn trug die Mähne zu Teiteles gedreht. Er war der Sohn eines Althändlerpferdes in Kandrzn, darüber sprach er aber natürlich nicht.

Das ganze Komitee bestand aus zwanzig Mitgliedern, zumeist Abkömmlingen alter Familien mit klingenden Namen. Es waren nicht alle besondere Intelligenzen. Sie saßen erhaben auf den roten Sesseln und imponierten der Masse.

Ganz an der Seite des Podiums, dicht am Ofen, saßen eng zusammengedrückt auf Rohrstühlen fünf Menschen, richtige lebendige Menschen, und ein Phonograph. Die Menschen wirkten kümmerlich und verschwanden ganz neben der Majestät des Pferdekomitees. Das war die Vertretung der Menschheit.

Die Kommission der Menschen bestand aus einem Rechtsanwalt, einem Assessor, einem Pferdearzt, einem Zirkusdirektor und einer Schreibmaschinistin. In den Phonographen war die Rede des Professors Kutschbock eingeschaltet, einer weltberühmten Koryphäe auf dem Gebiet der Rassenvermischung und Entwicklungslehre. Er war ein Mann von 180 Jahren und verließ als scheuer Gelehrter nie seine Studierstube. Er vermittelte der Welt die Ergebnisse seiner Forschungen durch den Phonographen.

Feindliche Blicke aus Pferdeaugen trafen die Menschen, die sich sichtlich unbehaglich fühlten. Nur vor dem Phonographentrichter hatten die Pferde eine gewisse Scheu. Die Menschen rutschten auf ihren Sitzen hin und her. Die Schreibmaschinendame spitzte ihren Bleistift. Der Phonograph räusperte sich.

Plötzlich ließ ein neuer Fanfarenstoß der dreißig Karrenpferde das Stimmengewirr und Geräusch in der Halle verstummen.

Das Oberroß Graf Bertram von Hafersack-Trense erhob sich, begrüßte in markigen Worten kurz die Versammlung und forderte auf, ein gemeinsames Lied zu singen.

»Wir halten fest und treu zusammen, hipp, hipp, hurra!« schallte allsogleich aus kräftigen Pferdestimmen ein schreckliches, ohrenzerreißendes Gegröhle durch die Halle. Jedes Pferd bemühte sich, seine

Nachbarn zu überwiehern. Ein ergrautes Roß mit einer Brille und einem Kapotthut, eine Witwe aus Krefeld, begleitete den Gesang auf dem Harmonium.

Die Büste Granes fiel durch den Spektakel herunter und zerschellte am harten Schädel eines stämmigen Oldenburgers.

Entsetzt schauten die Menschen in das Tohuwabohu aufgerissener Pferdemäuler.

Das Lied war aus.

Graf Bertram von Hafersack-Trense erhob sich, wieherte atavistisch in den Saal und wollte zu reden beginnen. Ein plötzlich ausbrechendes Stimmengewirr, ein wütendes Gekeif ließ ihn nicht zu Wort kommen. Die frauenrechtlerischen Stuten entrüsteten sich über die Ponys und fühlten sich schwer in ihrer Moral verletzt. Die Ponys hielten natürlich auch nicht zurück, und man fiel mit häßlichen Schimpfworten übereinander her. Die Moral siegte. Die Ponys wurden von den Polizeipferden aufgeschrieben und aus der Halle geschafft. Einige Ardenner Lebemannspferde begleiteten sie zu ihrem Trost.

»Sehr peinlich, überaus peinlich«, begann das Oberroß mit vor Erregung zitternder Stimme, als sich der Tumult gelegt hatte; »äußerst peinlich. Ich bedaure diese fatale Störung ungemein. Ich werde Vorkehrungen treffen, um fürderhin derartige unliebsame Vorkommnisse zu vermeiden. Man möchte fast glauben, man wäre unter Menschen«
– – –

Der Rechtsanwalt schaute auf, setzte seinen Kneifer auf, der an einer seidenen Schnur auf der gelben Weste baumelte, und unterbrach scharf den Redner: »Wie, unter Menschen? Keine Beleidigungen, wenn ich bitten darf! Wir wollen Ihr Bestes! Benehmen Sie sich aber anständig, ich sage nur Deichsel, ich sage Stall! Merken Sie sich das!« Der Zirkusdirektor klatschte mit der Reitpeitsche an seine Schaftstiefel.

Ein entsetzliches Gewieher und Getrampel folgte dem Zuruf des Rechtsanwaltes. Man drohte den Menschen mit geballten Hufen und schrie ihnen beleidigende Worte zu.

Aus dem Stimmengewirr klang das Organ des Oberrosses, es warf sich in die Brust und schrie zu den Menschen hinüber: »Wir verbitten uns alle Anzüglichkeiten – – – wr vrbttn, wr .. wr – –« Es verlor in der Aufregung die Sprache und begann mit den Hufen zu klopfen nach dem veralteten Buchstaben- und Zahlensystem. Das war eine Blamage, alle Pferde empfanden das. Das Prestige litt erheblich. Graf

Bertram von Hafersack-Trense ließ sich zurück in den Sessel fallen und markierte Ohnmacht. Man gab ihm Aspirintabletten, er schluckte das Glasröhrchen mit hinunter.

Das Stimmengewirr im Saal verlief in ein stilles Gemurmel und Schnaufen. Die Pferde fühlten sich plötzlich klein.

Isidor Pleißen-Kohn putzte sich laut die Nase, räusperte sich und sprach beruhigend, zwei Hufe in Börsenmanier in den Armlöchern der Weste, mit fettiger Stimme: »Mer wolle, nebbich, niemande kränke. Gott, wie haißt, der Herr Vorstand der is e altes Roß und nerviös. Da kann schon, nebbich, e Wort falle in de Debatt. Red mer a so, red mer a so, ma kommt in de Hitz, nebbich. – Das wird der Herr von Rechtsanwalt einem alten Mann verzaihe. Mer wolle sage, was mer wolle. Mer müsse zu en a End kommen. Nu, wie haißt, mer müsse wisse, woran mer sinn, nebbich. Benjamin Wallach, unser gebenschtes Komiteemitglied wird e Referat gebe, nebbich. Benjamin Wallach wird spreche.«

Benjamin Wallach, ein Halbblüter mit Spitzbart, galt als tätiger Förderer der Pferdeemanzipation. Er war der Deputierte von Wallachisch-Meseritsch.

»Wir sind heute hier zusammen gekommen«, begann Benjamin Wallach in schlesischer Mundart, »um endgültig festzulegen, was wir Pferde wollen, endgültige Normen zu fixieren, die uns gleiche Rechte mit den Menschen gewährleisten. (Beifallsgewieher). Der gegenwärtige Zustand ist für uns unhaltbar und entehrend. Das Dilemma ist unserer unwürdig. Im Grunde ist es eigene Schuld der Menschen, daß alles so kam. Die Erfindung der Autos, Dampfpflüge, elektrischen Bahnen, Dampfkarussells usw., die sogenannte Eroberung der Luft durch Äroplane und Luftschiffe, wo wir, bodenständig, wie wir sind, nicht mittun können, alle diese technischen Neuerungen und Erfindungen haben unsere Arbeitskraft überflüssig gemacht. Die animalische Kraft war ausgeschaltet. Eines Tages fanden wir uns beschäftigungslos. Dann begann der Mensch, mehr als Spielerei, unseren Intellekt zu wecken. Man experimentierte mit uns herum, wie im Laboratorium mit Säuren und Salzen, unterwies uns, Buchstaben und Zahlen zu lesen, erweckte die Tätigkeit des Hirns, die bisher brach lag. Die Menschen gaben uns die Anregung; wir haben uns nun weiterentwickelt von Generation zu Generation und stehen heute, ich darf wohl sagen ohne Überhebung, auf gleicher Stufe mit den Menschen. Bei uns kommt zu den intellektuellen Fähigkeiten noch die körperliche Kraft und Schönheit, in der wir die Menschen übertreffen. Es ist nicht unbillig, wenn wir jetzt energisch unsere Ansprüche auf die offizielle Anerkennung einer Gleichberechtigung voll und ganz geltend machen. Was wir wollen?

Wir wollen teilnehmen an allen Äußerungen der Zeit. Wir wollen ein Faktor sein. Alle öffentlichen Einrichtungen, alle Institutionen sollen uns gleich wie den Menschen unbeschränkt zur Verfügung stehen. Müssen wir den Menschen danken, daß sie unsere Gehirne dressierten und uns wie abgeschnittene Windvögel, weil andere Erfindungssensationen, auf technischem Gebiet, sie ganz in Anspruch nahmen, einfach unserem unfertigen Schicksal überließen? Nein, nein und nein! Wir erwarten heute von den Menschen bestimmte Entschließungen. So ist der Zustand auf die Dauer unmöglich. Herr Rechtsanwalt, wollen Sie sich äußern und uns befriedigende Aufschlüsse und Kompromißvorschläge machen?«

Allgemeiner Beifall bei den Pferden, als Benjamin Wallach geendet.

Ein altes Pferd mit einem Kranzbart und einem Patriarchengewand aus Biber drängte sich an das Podium und bat ums Wort. Respektvoll machte man ihm Platz. Mit sonorem Organ begann es: »Denn die Menschenkinder haben ihr Los, und das Tier hat sein Los, und beider Los ist dasselbe. Wie das eine stirbt, stirbt das andere. Sie haben alle einen Geist, und der Mensch hat vor dem Tiere nichts voraus – – so schrieb der weise Salomon in seiner Predigt.« Das alte Roß mit dem Kranzbart verneigte sich und kletterte vom Podium.

Man war sichtlich ergriffen, und auch die Menschen empfanden den Eindruck dieser alten Offenbarung.

Es meldeten sich noch eine Anzahl anderer Pferde zu Wort, die alles mögliche verlangten, Besuch der Theater, von Tanzlokalen, Restaurants, Bars, Varietés, Fünfuhrtees, gesellschaftlich verkehren zu können, Leutnant zu werden, in den Stadtrat und Reichstag gewählt zu werden, kurz und gut, an allen Amüsements der Menschen teilzunehmen.

Es wurde eine Lehrergehaltserhöhung, Zollermäßigung für den Haferimport, freie Zuchtwahl und Einführung neuer Freimarken von einem konfusen Pferd beantragt. Das war ein Hin und Her.

Ein alter Droschkengaul klopfte seinen Wunsch in die Debatte, man möchte den alten Haferfreßsack wieder einführen, er käme mit Gabel und Messer nicht zurecht.

Man verachtete ihn – was er verlangte, war höchst deplaciert.

Stundenlang wurde durcheinander geredet. Das Schreibmaschinenmädel kam kaum mit.

Die Menschen steckten die Köpfe zusammen und berieten. Der Assessor war eingeschlafen.

Der Zirkusdirektor schrie plötzlich in den Saal: »Hotte hüh, hotte hüh!« Die Pferde schreckten zusammen. Der alte wohlbekannte Ruf verfehlte nicht seine Wirkung. Atavistischer Respekt ließ die Pferde verstummen.

Der Rechtsanwalt benutzte die Stille und erklärte in fein juristischer Ausführung, daß es den Menschen keineswegs an einer Steigerung des feindlichen Gegensatzes liege, sondern daß man geneigt sei, in einem geistreichen Kompromiß die Angelegenheit zu erledigen. Dieser Kompromiß beruhe auf der grandiosen Theorie des Professors Kutschbock. »Durch diesen Phonographen« – der Rechtsanwalt legte eine Platte auf – »vermittelt Ihnen der geniale Forscher seine Thesen über Rassenvermischung und kommt zu einer genialen Lösung der entstandenen Gegensätzlichkeit zwischen Pferd und Mensch.«

Er steckte einen Groschen in den Apparat, und schon begann nach kurzem Gekrächze der Vortrag des Professors, deutlich und klar. Die Platte war neu. Die Pferde sperrten die Mäuler auf. »Nimma hon i dös g'sehn«, entfuhr es einem Münchener Bräupferd. Die Pferde lauschten respektvoll den Worten der Wundermaschine.

Über Philosophisches und praktische Lebensweisheit, über kulturelle Errungenschaften, über den Fortschritt auf allen Gebieten, über die politischen Konstellationen und alles Zeitgemäße sprach der berühmte Professor in klarer, übersichtlicher Weise. Er referierte den Entwicklungsgang der Pferde. Er entwickelte seine eigenen wissenschaftlichen Erfahrungen in bezug auf Rassenmischung und Neuzüchtung. Wie ihm die erfolgreiche Kreuzung der heterogensten Tiere gelungen sei und viele neue Tierarten ihm ihr Entstehen verdankten. Er sprach von seinen Forschungen speziell auf dem Gebiet der Anatomie pferdlicher und menschlicher Organismen. Er stellte pferdliche körperliche Vorzüge gegen menschliche Schwächen und umgekehrt. Er folgerte die großen Vorteile, die sich bei einem Ausgleich der Plus- und Minus-Eigentümlichkeiten der beiden Rassen zuverlässig und logisch ergäben. Er kam in gesteigerter Beredsamkeit und schlagender Beweisführung zu dem Schluß, daß nur in einem Kompromiß zwischen Mensch und Pferd, in einem Zusammenschluß dieser beiden sich ergänzenden

Rassen zu einer grandiosen Kreuzung das Heil und eine sichere Zukunft einer stabilen weltbeherrschenden Normalbevölkerung: ein höheres Menschenpferdetum erstehen würde.

Die Platte lief ab. Professor Kutschbocks Rede verlief sich in einem spitzen Gekratze des Stiftes auf der Platte.

Ganz dumm schauten sich die Pferde gegenseitig an. Sie konnten an diese für sie so enorm schmeichelhafte Lösung der Angelegenheit nicht glauben. Es war ein aufgeregtes Gemurmel. Die Pferde bekamen hochrote Köpfe.

Der Rechtsanwalt erhob sich und sprach ernst und in einem der Wichtigkeit der Situation angemessenen, weihevollen Tone: »Ich beziehe mich, meine werten Pferde, auf die geistvollen, schlagenden Ausführungen Professor Kutschbocks und seinen genialen Vorschlag. Ich nehme an, daß Sie entschlossen sind, diesen Kompromiß zum Heil unserer beiden Rassen, zur Schaffung eines neuen, starken Geschlechtes anzunehmen. Wir wollen abstimmen, und ich bitte Sie, durch Hochheben des linken Vorderfußes Ihr Einverständnis mit unserem Vorschlag zu erklären!«

Ein Wald von Hufen schoß jäh in die Höhe. »Hoch die Menschen, hoch der Kompromiß!« schrieen die Pferde, und es war keines, das sich ausgeschlossen hätte.

Ein Festmahl mit französischem Sekt beschloß den Zusammenschluß von Mensch und Pferd.

― ― ― ― ― ― ― ― ―

Und der Zentaur war der Herr der Welt.
Eine alte Sage ging in Erfüllung.

Von Menschen und Kunst

Theater

Es wurde Hamlet gegeben mit dem berühmten Mustang aus Wien als Gast. Das Theater war ausverkauft. Alles, was so etwas war oder etwas sein wollte, war erschienen. Man muß sich bei solchen Gelegenheiten zeigen.

Es war etwa zehn Minuten vor Beginn. In der Garderobe drängte man sich wild durcheinander, reckte mit krampfhaft vorgebeugtem Leibe Mäntel und Hüte den Garderobefrauen entgegen. Man trat sich gegenseitig auf die Füße und rieb Mitmenschen seinen nassen Regenschirm durch das Gesicht, was mancher nicht liebt. Auch war man nicht besonders erfreut, wenn sich einem in dem starken Gedränge ein Opernglas mit scharfen Kanten, das der Hintermann auf der Brust trug, wie ein schmerzhafter Stempel in den Rücken drückte. Eine alte nervöse Dame war mit ihrem gehäkelten Tuch an dem Knopf des Jacketts eines jungen Mannes hängen geblieben, was sie ganz auf das Ungeschick des jungen Mannes schob.

Man streckte die Arme mit zuckenden Händen nach der Garderobennummer. Man hatte das Bestreben, seine Sachen möglichst an den vorderen Haken untergebracht zu sehen, damit man nachher schnell wegkam. Um Gottes willen nur schleunigst wieder hinaus! Das war der Hauptgedanke, der die Pilger zum Tempel der Musen, zum Tragödienspiel des großen Briten vor allem beschäftigte.

»Wenn wir uns nachher eilen, kriegen wir noch die Elektrische um elf«, sagte ein dicker, glatzköpfiger Herr mit einem großen Hufeisen aus Brillanten auf der Deckkrawatte und einer schweren Goldkette, mit Berlockes behangen, über dem Bauch, zu einer ebenfalls korpulenten Dame in einem knallroten Seidenkleid, an welchem sie sich gerade die im Gedränge abgetretene Stoßlitze feststeckte. »Konnte der Flegel nicht aufpassen! Wir können ja auch vor Schluß im letzten Akt weggehen, dann haben wir ja auch den Mustang genug gesehen«, meinte sie verdrießlich. »Am Schluß sind überhaupt diese Stücke immer so traurig. Ich habe wirklich keine Lust, auf die spätere Bahn zu warten.«

Damit war der Mann nicht einverstanden. Er wollte für sein gutes Geld bis zum Schluß bleiben. Er war dafür, man solle sich eilen. Man stritt sich hin und her.

Am Eingang zum Parkett stauten sich die Leute. Ein verwirrter langer Herr mit einer Brille konnte dem Schließer sein Billett nicht vorweisen. Strenge hielt ihm dieser die Hand entgegen. Der nervöse Mann suchte krampfhaft in allen Taschen. Eben habe er es noch gehabt, jener Herr dort mit dem Bart habe es gesehen.

Der Herr mit dem Bart hatte nichts gesehen. Die Leute murrten und drängten den Nervösen beiseite. Starren Blickes, hochrot im Gesicht, wühlte er an sich herum. Zigarren, Schlüssel, Zehnpfennigstücke, Taschenflöckchen, alte Trambilletts fielen ihm in der Hast zu Boden. Die Parkettkarte war unauffindbar.

Eine ältere Dame von auswärts gab dem kommenden Drama in einem Disput mit dem Logenschließer einen besonderen Auftakt. Sie hatte sich im Datum vertan. Ihr Abonnement war für eine andere Serie. Sie machte selbstverständlich die Direktion und das ganze Theater und Shakespeare und Hamlet, als im Augenblick erreichbares Opfer zumal den Logenschließer verantwortlich.

Zwei würdige Frauen saßen in der zehnten Parkettreihe. Sie saßen auf Vereinsplätzen zu ermäßigtem Preise.

Frau Büllemann mit gedämpfter Stimme (man verstand auf dem zweiten Rang jedes Wort): »Sitzen da vorne in der ersten Reihe nicht Direktors, von der Ecke ab der achte und neunte Sitz?«

Ihre Nachbarin, Frau Klemmschraub, erhob sich, wie eine Henne den Kopf vorstreckend, ein wenig von ihrem Sitz: »Die dürfen natürlich nicht fehlen. Ausgerechnet in der ersten Reihe. Sie hat ja ihr grünes Kleid nicht an. Leihen Sie mir doch, bitte, mal Ihr Glas!«

Frau Büllemann schaute selbst durch ihr Opernglas nach Frau Direktor Kunkel hinüber: »Das ist das Fraisefarbene vom vergangenen Jahr. Sie hat nur einen neuen Einsatz drin!«

Frau Klemmschraub wippte vor Ungeduld mit den Beinen und nahm schließlich Frau Büllemann das Opernglas vom Gesicht weg: »Gott ist das Stehbörtchen hoch für den kurzen Hals. Das Grüne kleidet sie unbedingt besser, sie sah viel stattlicher aus. Wir sind auf Donnerstag bei Kunkels zum Diner eingeladen, Geheimrats und Majors kommen auch. Sind Sie auch eingeladen?«

»Geben Sie mir endlich mein Glas wieder«, war die spitzige Antwort, »ich habe das Glas für mich mitgebracht.« Sie war nämlich bei Direktor Kunkel nicht eingeladen.

Zwei krampfhafte junge Herren im Smoking standen aufrecht an ihren Sitzen und grüßten ostentativ im Theater herum.

Zwei Backfische mit Schneckenfrisuren und weißen Batistkleidern unterhielten sich tuschelnd und mit roten Köpfen über die himmlischen Beine Mustangs und die diskreten Gerüchte, die so in der Stadt gingen über den lockeren Lebenswandel des Künstlers. Dabei aßen sie aus einer Tüte Pralines.

Klempnermeister und Hausbesitzer Knötel Plötz saß mit seiner Frau Vaseline auf dem zweiten Rang, sonntagsangezogen. Herr Knötel Plötz war unzufrieden und nörgelte, daß er viel lieber mit seinem Stammtisch den Ausflug nach Königswinter gemacht hätte, als hier drei Stunden in der Hitze und im Dunkeln zu sitzen. Es wäre das letztemal, daß er auf ein Abonnement hereingefallen sei. Immer, wenn es einem nicht passe, müsse man ins Theater. Er redete sich immer mehr in die Wut: »Hamlet, Hamlet, was geht mich denn verdammt der Hamlet an. Sicher nichts zum Lachen!«

Vaseline hatte literarische Interessen. Sie las in der Leihbibliothek, und das Theater ging ihr über alles. Dieses Unverständnis ihres Gatten machte ihr viel Kummer. Sie hatte auch zwei Jahre Klavierstunden gehabt.

Sie verwies den Schimpfenden mit vorwurfsvollen Worten: »Schäme dich, Knötel. Wenn es jemand hört. Das Stück ist doch von Schiller. Du blamierst dich und mich. Außerdem sind Kirschkamps auch abonniert.«

Auf dem ersten Rang erschien plötzlich eine elegante junge Dame mit einem Reihertuff auf dem Kopf. Sie sah sehr vornehm aus. Niemand kannte sie. Man verrenkte sich die Hälse, und die Operngläser wurden weißglühend. Ein Herr mit Schmissen im Gesicht reckte sich weit über die Brüstung, um die fremde Erscheinung genau zu sehen. Sein Kneifer fiel ins Parkett. Dann erschienen auf den vornehmsten Plätzen des Balkons Herr Geheimrat Talglicht Donnerkuhle mit seiner Gattin und acht Töchtern.

Das ganze Publikum war sichtlich erregt. Wer war die Dame mit dem Reihertuff?

Es klingelte zum zweiten Male. Im Parkett schoben sich noch zitternd und völlig konfus einige weltfremde Frauen und Männer hin und her in den Reihen. Sie konnten ihre Plätze nicht finden. Die Reihen erhoben sich, um die irren Suchenden durchzulassen, setzten sich und erhoben sich wieder, da die Unglückseligen ihre Nummer in dieser Reihe nicht fanden. Man murrte schon und blieb feindlich sitzen mit spitzen, vorgedrängten Knien. Beim Niederklappen klemmte man hie und da seinem Nachbarn den Rockschoß oder der Nachbarin die Volants ein. Das wurde dann sachlich erörtert. Manche vergaßen beim Niedersitzen den Sitz herunterzuklappen und setzten sich unfreiwillig zu tief.

Es klingelte zum dritten Male, und der Vorhang hob sich.

Die Terrasse auf dem Schloß in Helsingör. Bernardo sprach mit dem Posten. Auftritt von Horatio und Marcellus.

An der Tür ins Parkett plötzliches Stimmengewirr und Drängeln. Ein Herr stürzte in den verdunkelten Zuschauerraum, über Läufer und Stufen stolpernd. Er kaute an einem Schinkenbrot. Er hatte im Theaterrestaurant das Klingelzeichen überhört.

Horatio und Marcellus fanden nur geringes Interesse, alles wandte sich dem verspäteten Besucher zu. Man machte: »Psst, psssst! – Unglaublich, unverschämt!« hieß es. Es dauerte eine Weile, bis sich die Unruhe gelegt hatte.

»Ist das Mustang?« flüsterten die Backfische. Es war natürlich Horatio. Sie versuchten Aufklärung im Programm zu finden. Das Rascheln mit dem Programm hatte unwillige Strafblicke der Umsitzenden zur Folge.

Der Vorhang fiel über dem ersten Akt. Hamlets Worte:

»Die Zeit ist aus den Fugen: Fluch zu denken,
Daß ich geboren ward, sie einzurenken!«

klangen noch nach.

»Ich verstehe es wirklich nicht von Kunkels, daß sie bei ihren Gesellschaften immer das Porzellan und selbst das Besteck vom Traiteur geben. Ob sie kein Silber haben?« meinte Frau Klemmschraub im Anschluß an die Worte Hamlets.

»Es ist sehr angenehm, bei Kunkels zu verkehren. Man kommt auf zwanglose Weise mit den Ersten der Stadt zusammen«, sagte Frau Büllemann.

»Goldig, süß, einfach ganz herziglieb ist doch der Mustang«, schwärmten die Backfische. »Gib mir jetzt die Tüte, du ißt mir alle Pralines«, sagte die eine entrüstet.

»Musik scheint bei dem Stück nicht zu sein«, fiel es irgend jemand auf.

Viele hatten es herausbekommen, wer nun eigentlich der Hamlet war. Sie waren stolz und sagten es den Nachbarn.

Der zweite Akt.

Der dicke Herr, der mit der Elfuhr-Elektrischen fahren wollte, jagte mit beiden Händen in den Taschen aufgeregt herum. Es war ihm plötzlich unklar geworden, wo er die Garderobenummer hatte. Erst strich er vorsichtig an sich herum, damit es niemand merke. Seine Unruhe teilte sich seiner Gattin mit. Nach vergeblichem Suchen stierte er wie irr ins Leere und grub dabei mit Zeigefinger und Daumen in der Westentasche. Platznachbarn interessierten sich für ihn.

»Mustang hat gute Momente, aber er müßte sich mehr in das Ensemblespiel einpassen«, sagte Doktor Sodbrand vom »Journal« zum Kritiker der »Volksstimme« nach Schluß des zweiten Aktes. »Dann möchte ich den Hamlet nicht so bewußt. Mustang ist begabt ohne Zweifel.« Sie sprachen noch Tiefes und Feingeistiges über das Spiel.

Nach dem dritten Akt war die große Pause. Man stürmte das Büfett im Foyer. Aller Sehnsucht lag in einem belegten Brot und einem Fläschchen Tafelbier.

»Ttja, tja, tja, eine ordentliche Arbeit, das alles auswendig zu lernen«, bemerkte ein Oberlehrer.

Ein dicker, unsympathischer Herr mit Borstenwarzen im Gesicht und einer Sattelnase entrüstete sich, daß man noch immer solche Stücke spiele. Es wäre eine Schmach, wo man Kunstwerke, wie »Das weiße Rößl« und manche gute pikante Ehekomödie zur Verfügung habe.

Der vierte Akt begann.

»Stabeisen steigt wieder. Die Preise ziehen ganz bedeutend an. Haben Sie abgeschlossen?« wandte sich ziemlich laut ein gut genährter Herr mir gekreuzten Hämmerchen auf der Deckkrawatte an einen neben ihm stehenden Herrn, der angenehm nach Havannazigarren duftete und auch Hämmerchen, aber an der Uhrkette, trug.

»Ja, aber Kupfer ist flau. Die London-Notiz ist 56 £ 12 S 6 d, 6 Monate 57 £ 2 S 6 d. Ich konnte wegen des verflixten Theaters die Schlußnotierung nicht abwarten. Ich werde nie wieder abonnieren.«

Einige schüchterne »psssst« wiesen sie zur Ruhe.

Die Backfische fanden, daß Horatio X-Beine hatte.

Die Ophelia vom vergangenen Jahre wäre schöner gewesen, nörgelten die krampfhaften jungen Herren. Man verhandelte leise hier und da, wohin man nach der Vorstellung gehen wollte.

Fortinbras, der Prinz von Norwegen, hatte kaum sein letztes Wort im letzten Akt gesprochen, als der größte Teil des Publikums auch schon nervös aufsprang und, während der Vorhang noch fiel, hinausdrängte.

Theatereleven, Freibillettler, enthusiasmierte Backfische klatschten. Man rief nach Mustang. Er konnte sich mehrere Male zeigen. Das war viel interessanter als das Stück.

Man machte beim Herausgehen seine Bemerkungen. »Interessant ist es doch eigentlich nur in Premieren, wo man pfeifen kann. So was wie Hamlet ist schon schlimm. Man darf nichts sagen, weil der Dichter so berühmt ist. Man würde sich blamieren. Aber bei einem jungen modernen Dichter, der noch lebt und in der Schule noch nicht gelehrt wird, darf man noch seine eigene Kritik haben. Da braucht man sich nichts gefallen zu lassen«, – reflektierte ein Ehrlicher.

»Endlich kann man sich eine Zigarre anstecken«, sagte erleichtert der Herr mit den Hämmerchen auf der Krawatte, als er die Freitreppe des Theaters hinabstieg.

»Man sollte sich eigentlich wirklich so was nicht ansehen und sein Billett der Köchin schenken. Man erlebt doch, weiß Gott, genug Trauriges. Gestern noch sah ich, wie eine alte Frau von der Elektrischen stürzte und vorige Woche, wie einem Briefträger ein Geraniumtopf aus der vierten Etage auf den Kopf fiel«, – gab ein behaglicher Herr, der von seinen Renten lebte, kund.

Das Theater lag nach einer Viertelstunde still und dunkel. Dem Logenschließer fehlten drei Operngläser, die er verliehen hatte.

Der interessante Kopf

Herr Leobschietz war Reisender in Rüböl und hatte die Gelbsucht. Er war sehr langweilig, weil er immer von Rüböl sprach. Er war erstaunt, daß alle Leute, die er so kennen lernte, ihn bald satt hatten und ihn, wenn sie ihm begegneten, ostentativ schnitten. Das war ihm unerklärlich. Er hielt sich für einen geselligen Menschen, der in jede Gesellschaft paßte und seinen Mann stellte. Seine Sehnsucht war, in guter Gesellschaft zu verkehren.

Vorläufig aber waren sein einziger Umgang die Rübölinteressenten, die jeden Freitag zum Kegeln im Rübölklub zusammenkamen. In diesem Klub drehte sich das Gespräch nur um Rüböl, Rüböl, Rüböl … Dieses fortwährende Geschwätz über Rüböl hatte zur Folge, daß sich Rüböl an den Wänden niederschlug und in dicken Tropfen über die Tapeten rann.

Infolge der Gelbsucht sah Herr Leobschietz natürlich sehr gelb aus. Die Augen waren gelb, der Anzug gelb, die Schuhe gelb, die Milchfrau gelb, das Klavier gelb, alles war gelb und der Kanarienvogel grün.

Wenn er abends aus dem Bureau kam und sich in den Anlagen spazierend erging, liefen ihm die Kinder nach und riefen: »Postkutsche!«

Passanten schauten sich nach ihm um. Frau Bellhoff sagte: »Das ist ein Schineeß.«

»Wegen dem gelben Gesicht, Mama?« fragte altklug der kleine Bertram.

Diese blöden, fortgesetzten Belästigungen verdrossen natürlich Leobschietz ungemein.

Er hatte einmal in einem Buche »Wie werde ich gebildet?« etwas von Atavismus gelesen. So schien ihm auch seine Gelbsucht auf atavistischer Grundlage erstanden zu sein. Sein Onkel Milbenflutsch war nämlich Bahnhofsvorsteher auf der Insel Ju-tschu im Gelben Meer gewesen.

Zwar belehrte ihn der Geheimrat Boorsalbe: »Gelbsucht ist, wenn die Galle in das Blut tritt.«

»Ohne anzuklopfen?« witzelte der fade Rübölerich.

Geheimrat Boorsalbe wies dann noch darauf hin, daß sich das bei dieser Krankheit entstehende Gelb in den Tränensäcken der Augen sammle.

Eines Abends im Juni war Leobschietz gelb wie nie. Falten durchfurchten sein Gesicht, wo eben Platz war.

Er war sehr niedergeschlagen, die unartigen Kinder hatten ihm wieder »Postkutsche!« nachgerufen und Vorbeigehende dumme Bemerkungen gemacht.

Eine stille Wut stieg in ihm auf, was ihn noch gelber machte; eine Verzweiflung kam über ihn. Selbstmordideen quälten ihn. »Bin ich ein gelber Firlefanz?« stöhnte er. »Gerade ich.« Er brach auf einer Bank zusammen, stierte verzweifelt auf die Fußspitzen. Das war ein Leben! Ein Gespött der Leute! Gelbe Tränen flossen ihm durch die Wangenfurchen. Dann lehnte er sich zurück, schlug sich mit der Faust vor den Kopf und setzte sich ganz gerade auf die Bank. Sein Profil stand wie eine scharf geschnittene Silhouette gegen den Abendhimmel. Sein Kinn sprang vor wie ein Fensterbalkon, die Nase ähnelte einem spitzig gebogenen Geierschnabel.

Er hatte nicht bemerkt, daß sich jemand am anderen Ende der Bank niedergelassen hatte.

Plötzlich wurde er aufgeschreckt. Ein alter Herr mit weißem Bart und Schlapphut stand vor ihm: »Verzeihen Sie, daß ich Sie störe.«

»Bitte, bitte«, faßte sich schnell Leobschietz.

»Sie werden meinen Namen kennen, ich bin der berühmte Kunstmaler Professor Brauntupf.« Der alte Herr schob die linke Hand in den Gehrockaufschlag, reckte sich, daß er zwei Köpfe höher erschien, und drehte den Kopf nach links: so stand er da, der große Mann, wie ein Denkmal. Er sagte noch einmal, daß Leobschietz heiliges Schauern überlief: »Ich bin der berühmteste Maler Brauntupf – Brauntupf!« Er guckte stolz um sich.

Leobschietz verneigte sich devot.

Dann nahm Brauntupf die Hand aus dem Gehrockaufschlag, zog die Heldenbrust ein und sagte zu Leobschietz: »Stellen Sie sich mal ins Profil.« Er hielt die halb geöffnete Faust vor das Auge wie ein Fernrohr und brüllte enthusiasmiert: »Herrlich! Herrlich! Sie sind mein Mann!«

Leobschietz wurde noch gelber.

»Ich werde Ihnen erklären, warum Sie mein Mann, ein Geschenk meiner Muse sind!« begann der berühmte Mann pathetisch. »Sehen Sie, ich trage ein Werk in mir seit Jahren: Die Begegnung Dantes mit Beatrice. Ich war in Italien und habe gesucht nach einem Kopf, der mir zu meinem Dante dienen könnte. Hunderte von Modellen habe ich geprüft. Hoffnungslos bin ich zurückgekehrt. Ich habe mich vergeblich seit Monaten hier bemüht, einen Dantekopf zu finden. Und nun in dieser späten Stunde finde ich in Ihnen, was ich gesucht, den Dantekopf, die scharfe Nase, das springende Kinn, die dunkle Gesichtsfarbe – Sie müssen mir sitzen – unbedingt!«

»Dante, Dante, meine Tante, deine Tante«, schwirrte es in Leobschietz' Kopf herum. Er warf einen dankbaren Blick zum Himmel, daß endlich eine Autorität seinen Kopf anerkannte.

»Wann ist es Ihnen genehm, zu kommen? Mein Atelier ist in der Akademie. Im übrigen, wie heißen Sie?«

»Leobschietz, Leobschietz in Rüböl, verehrter Meister!«

»Wo liegt diese Stadt?« fragte ihn Brauntupf.

Leobschietz begann nun des breiteren über Rüböl und so zu reden.

»Also kommen Sie morgen?« sagte der Professor kurz.

Leobschietz überlegte, wie er von seinem Rüböldienst frei kommen könnte. Er müßte seinem Chef sagen, er besuche die Kundschaft. Es wäre ihm eine Ehre, morgen um jede Zeit zu erscheinen, entschied er sich.

»Also um zehn Uhr, Herr Rüböl. Guten Abend!« Der Professor ging strammen Schritten, die Füße nach auswärts gesetzt, in die Stadt zurück.

Leobschietz schwoll der Kamm in dem Gefühl, nun ein berühmter Mann zu sein. Er würde endlich die ersehnte Rolle in der Gesellschaft spielen.

Fünf Wochen arbeitete Professor Brauntupf an seinem Meisterwerk in täglichen Sitzungen. Leobschietz schob beim Chef die westfälische Reisetour vor. Brauntupf verheimlichte seinen Kollegen gegenüber sein Dantemodell. Er lud Leobschietz auch einige Male zum Essen ein. Leobschietz quoll auf. Er hatte erreicht, was er so sehr ersehnt.

Der Tag der großen Kunstausstellung erschien. »Die Begegnung Dantes mit Beatrice« von Professor Brauntupf erregte immenses Aufsehen bei den Künstlern und beim Publikum. Die Kritik nannte das Meisterwerk einen Clou. Namentlich erregte der Kopf des Dante ein ungewöhnliches Interesse, die markanten Gesichtszüge des erhabenen Poeten der comedia divina wurden besonders gelobt und den besten Dante-Bildern alter Meister gleichgestellt.

Das Bild wurde vom Staate angekauft, und Professor Brauntupf bekam die goldene Medaille. Seine Kollegen bestürmten ihn, ihnen das Modell zu verraten, das ihm zu diesem Dantekopf gestanden hatte. Er schmunzelte und schwieg.

Der Rübölreisende Leobschietz bekam den Größenwahn.

In allen Blättern schrieb man von dem unbekannten Modell. Man behauptete, es sei ein Italiener von adliger Geburt.

Zufällig traf der Bildhauer Klömpke eines Tages Leobschietz auf der Straße. Das war ja der Mann mit dem Dantekopf, fuhr es ihm durch das Hirn. Den mußte er kennen lernen, der kam ihm wohl gelegen. Er arbeitete gerade an einer Büste des Savonarola, und ihm fehlte das passende Modell.

Leobschietz machte wieder die Tour nach Westfalen. Die Büste Savonarolas des Bildhauers Klömpke hatte fast noch mehr Erfolg als das Bild von Professor Brauntupf. Wieder war es der markante Kopf, der es tat, nur war er diesmal hagerer. Das Werk wurde von der italienischen Regierung angekauft.

Man wußte in Künstlerkreisen, daß das Modell Leobschietz hieß, aber nicht, was er war. Er war der bekannteste Mensch in den Künstlerkreisen der Stadt. Das gefiel ihm wohl.

Als er nun noch zu der Gelbsucht einen Bandwurm bekam, und er grün und violett im Gesicht wurde, stürzten sich die Neoimpressionisten und Futuristen auf ihn.

Er war überall eingeladen. Wenn er auch langweilig war und fad, man brauchte ihn wegen seiner Gesichtsnuancen.

Eines Tages riet ihm Geheimrat Boorsalbe dringend, da die Gelbsucht und der Bandwurm überhandnahmen, in ein Sanatorium zu gehen. Leobschietz folgte dem Rat des Arztes. Nach vier Wochen kehrte er zurück mit Hängebacken, dickem Schmerbauch, Doppelkinn, abstehenden Schweinsohren. Von einem interessanten Kopf, an dem sich Künstler begeisterten, konnte nicht mehr die Rede sein.

Als er vom Bahnhof kam, begegnete er just dem Professor Brauntupf. Der Maler schaute ihn bei seinem Gruße einen Augenblick an, schüttelte den Kopf und ließ ihn stehen. Ähnlich taten es alle, denen er

Modell gestanden hatte und durch die er in die Geselligkeit des Künstlervölkchens eingeführt worden war.

Er interessierte in seiner vulgären Pausbäckigkeit die Künstler nicht mehr, man schnitt ihn allenthalben, das war ihm bitter.

Er verlor dazu seine Stellung in dem Rüdölgeschäft. Der Chef hatte die Bummelei während seiner Glanzzeit gemerkt und ihn glatt herausgeschmissen.

Er kam sehr herunter.

Das ist der Fluch der Gesundheit.

Beethoven

Der Vater hatte natürlich nicht die geringste Ahnung, wie Beethoven ausgesehen hat.

Die Mutter wußte es auch nicht.

Er war Mitglied des Gesangvereins »Organ«. Er sang nicht besonders richtig. Aber man schätzte ihn, weil er fünf Stimmen an Klangfülle ersetzte. Außerdem wußte er sich überall vorzudrängen. Mittwochs kegelte er mit dem Bürgermeister und dem Doktor. Bei Vereinsfestlichkeiten malte er auf Pappdeckel Vivatsprüche, mit Kränzen eingefaßt. Man hielt ihn für ein gewisses Talent und maßgebend in Fragen der Kunst.

Der Lehrer Sebastian Fliegenhut war der Dirigent des Gesangvereins »Organ«. Er war es bereits seit fünfundzwanzig Jahren und hatte jetzt ein Anrecht auf ein sogenanntes silbernes Jubiläum, eine Feier, Geschenke und Papiergirlanden.

Nörgler im Verein behaupteten, es könnten noch keine fünfundzwanzig Jahre sein. Der Küster Igelmund Milz rechnete siebenzehn Jahre aus. Aber die Mehrheit war für das Jubiläum.

Nach langem Hin und Her beschloß man, dem Jubilar eine Beethovenbüste »aufs Klavier« zu stiften. Man hatte allerdings nur vage und ehrfürchtige Vorstellungen von Beethoven, keiner wußte genau, was eigentlich mit dem Beethoven gewesen war, noch weniger, wie der Beethoven ausgesehen hatte.

Der Vater tat natürlich so, als ob er über Beethoven genau unterrichtet sei. Er warf sich in die Brust, blickte bedeutsam um sich und sagte anerkennend: »Ja, ja, der Beethoven, der Beethoven, da können wir nicht ran.«

Daraufhin beschloß man im Verein, daß der Vater die Büste kaufen solle. Er erhielt dreißig Mark aus der Vereinskasse. Er kam sich enorm gehoben vor unter diesem ehrenvollen Auftrag. Er brüstete sich und sagte am Biertisch häufig: »Na ja, ich muß eine Beethovenbüste kaufen. Na ja, ich muß das natürlich tun.«

In dem Ort selbst konnte man die Büste nicht kaufen. Man mußte schon in die Provinzstadt fahren. Dieser Umstand erhöhte erheblich die Wichtigkeit der Mission.

Manches Mal steckte man im Verein in vorgerückter Stunde die Köpfe zusammen und flüsterte mit hochroten Gesichtern von geheimnisvollen Vergnügungen, die in der Stadt zu finden seien. Man sprach von einem Weinlokal mit Tirolerinnen. Man blinzelte dem Vater zu, und der Bierwirt Maxi Vertikow kiekste ihm in die Seite.

Der Zweck der Reise sei zu ernst, brummte der Vater. Er erkundigte sich aber doch so hinten herum nach der Adresse der Tirolerkneipe. Der Bierwirt Maxi Vertikow schrieb sie ihm auf. »Da muß ich mir noch einige Extragoldstücke einstecken«, nahm sich der Vater vor.

Von Tag zu Tag schob er die Reise auf. Eine geheime Unruhe quälte ihn: er fühlte sich so unvorbereitet; er wußte nicht das Geringste über Beethoven, er hatte keine Ahnung, wie er aussah.

Er wandte sich an das Landblättchen und bekam in einer Briefkastennotiz folgenden Bescheid: Ludwig van Beethoven, Tonkünstler, geb. 16. 12. 1770, gest. 26. 3. 1827. Ein Grützeumschlag auf die angeschwollene Stelle lindert die Schmerzen. Fragen Sie im Notfall Ihren Hausarzt. Natürlich müssen Sie Ihr Alter und Ihre Halsweite angeben und Ihr Mietsbuch vorlegen, das ist nicht zu vermeiden. Nehmen Sie 5 Gramm Bärlappsamen (in jeder Drogerie erhältlich), 8 Gramm Zahnpulver, 1 Gramm Nießwurz (vom besten) und 10 Gramm Salz, nähen dieses alles nach gutem Mischen in einem irdenen Gefäß in ein Leinwandsäckchen, und der Erfolg wird nicht ausbleiben. Seebataillon III.

Das war nun bloß eine harmlose Art Zwiebelfisch und keineswegs eine von dem Blättchen heimtückisch beabsichtigte Komplikation. Der Vater hatte nur ein Schütteln des Kopfes. Im Stillen bereute er es, die Sendung übernommen zu haben. Aber es war nichts mehr zu ändern. In zwei Tagen war das Jubiläum. Die Büste mußte jetzt gekauft werden, es gab kein Aufschieben. Er hätte sich vor dem ganzen Ort blamiert, wenn er von dem Auftrag zurückgetreten wäre.

Nach einer schlaflosen Nacht stand der Vater früh um sechs Uhr am Bahnhof. Der Zug fuhr um zehn. Es hielt ihn nicht zu Hause, eine entsetzliche Unruhe trieb ihn so vorzeitig zur Bahn.

Dieses Malefizjubiläum! Vielleicht hat der Küster Igelmund Milz doch recht, daß es mit dem Jubiläum nicht stimmte. Ausgerechnet mußte er sich mit dieser leidigen Büstengeschichte befassen. Wie sah dieser Beethoven nun aus? Trug er einen Bart? War er ein junger Mann? Trug er lange Locken? Hielt er eine Lyra in der Hand?

Diese Fragen quälten ihn unausgesetzt und verwirrten sein Denken.

Schnaps ist unbedingt zur Festigung und Beruhigung aufgeregter Nerven, zur Stärkung des Selbstbewußtseins ein vorzügliches Mittel. Urplötzlich schoß dem Vater diese lichte Idee durch sein Hirn. Er trank am Bahnhofsbüfett einen Bitteren mit Rum. Seine Unruhe und sein Wankelmut verlangten aber eine fortgesetzte Behandlung. Er brachte es auf sechs große Schnäpse.

Nur der Güte und Langmut der Schaffner und des Bahnhofswirtes verdankte er es, daß er in den Zug kam. Er schlief bald ein. Er wäre weit über sein Ziel hinausgeschlafen, wenn ihn nicht wiederum gute Menschen, wie es Schaffner sind, am Orte seiner Bestimmung ausgeladen hätten.

Er war sehr im Unklaren über sich. Zunächst ging er mal, einem guten Instinkte folgend, an das Bahnhofsbüfett. Er trank drei Schnäpse.

»Beethoven, Beethoven«, stieß es ihm auf. »Beethoven, Beethoven!« Wie ein quälender Wurm unter der Schädeldecke stach ihn dieser Name. Mit schwerer Zunge sprach ihn der Vater.

Er wandte sich dem Kellner zu, einem apathischen Menschen mit blödem Gesicht, der schlecht zu hören schien und die Hände immer trichterförmig an die Ohren legte. Der Vater trat dicht an den Kellner heran und fragte ihn nach Beethoven. Der Kellner guckte gequält und verständnislos auf den Mund des Vaters.

Dann packte den Vater eine plötzliche Wut, und er schrie mit aller Kraft dem Kellner ins Gesicht: »Beethoven, Beethoven!« Jetzt schien ihn der Kellner verstanden zu haben. Er ging weg und kam mit einem Pikkololausbub zurück, der in der Nase bohrte und den Vater weisen sollte.

Der Junge führte den Vater an ein Geschäft, wo er den gewünschten »Badofen« bekäme.

Der Vater betrat den Laden, der mit Herden, Badewannen, Blecheimern, Töpfen, Öfen usw. angefüllt war. Von der Decke hingen unzählige Lampen und Kronleuchter. Den Vater machte die Häufung aller dieser blanken Gegenstände nervös.

Eine dicke Frau mit einer haarigen Warze auf der Stirn schlupfte aus dem Hintergrund des Ladens heran und fragte den Vater, was zu Diensten stehe, was es sein dürfe.

Der Vater sagte mechanisch lediglich das Wort: »Beethoven«. Die Frau nickte verständnisvoll mit dem Kopf und bat den Vater, ihr zu folgen. Sie führte ihn über den Hof, eine wacklige Treppe hinauf zum Lager. Dem Vater paßte das Herumsteigen keineswegs, er wurde sichtlich ungehalten.

Im Lagerraum standen in Reihen große Blechgebilde mit Hähnen und gewundenen Röhren aus Nickel.

»So, hier haben Sie, was Sie wünschen, Badeöfen in neuester Konstruktion und in jeder Preislage«, pries die Ladenbesitzerin an, »und schauen Sie nur hier die Hähne für warm und kalt. Eine einfache Drehung, und Sie haben die gewünschte Temperatur. Hier die Dusche.«

Der Vater stierte die Öfen an, der Vater stierte die Frau an. Man wollte Possen mit ihm treiben, das war klar. Anstatt der gewünschten Büste versuchte man, ihm ein Rohr mit Nickelfirlefanz anzuhängen. Da hätte er doch einige Schnäpse mehr trinken müssen, um auf diesen Schwindel hereinzufallen. Ein plötzlicher Zorn kam über ihn. »Beethoven, Beethoven!« schrie er laut, boxte auf die Öfen los und brachte sie zu Fall. Dann wandte er sich der Ladnerin zu, die ein mörderisches Geschrei ausstieß, um auch an ihr seine Wut auszulassen, aber schon wurde er von hinten gepackt und von zwei stämmigen Klempnergesellen recht unfreundlich auf die Straße gesetzt.

Er fand sich plötzlich mitten auf dem Bürgersteig, auf dem Bauch liegend, mit zerbrochenem Schirm und zerbeultem Hut. Er weinte und prüfte seine Zigarren, die er in einer Tüte in der Brusttasche trug; sie waren alle zerquetscht.

Plötzlich fühlte er eine kräftige Faust im Nacken, die Paletot, Rock, Weste, Unterjacke und eine Lage Haut gleichzeitig packte. Dabei befahl eine belegte Stimme: »Maul halten!« – obgleich der Vater keinen Ton von sich gab. Der Faustgriff schmerzte, und der Vater versuchte, sich zu wehren. Als er aber erkannte, daß die Hand zu einem Schutzmann gehörte, wurde er klein und still und gab jeden Widerstand auf. Die rohen Klempnergesellen standen an der Tür und lachten.

Der Schutzmann war ein wenig schwer von Begriff. Es dauerte eine Weile, bis er die Harmlosigkeit des Aufgegriffenen erfaßte. Der Vater war durch die Liebkosungen des Schutzmanns ein wenig ernüchtert. Er verfluchte den Gesangverein, den Jubilar und den verdammten Beethoven. Aber es war nichts zu machen, er mußte die Büste finden.

Der Schutzmann konnte ihn sicher beraten, vermeinte er. Der Schutzmann öffnete auch sofort den Mund, aber nur, um in gewohnter Weise: »Maul halten!« zu sagen. Der erbarmungswürdige Zustand des Vaters und eine Reichsmark erweckten dann bessere Regungen in seiner Brust. Er ließ sich herab, den Erklärungen zuzuhören. Er riet nach langem Grübeln, es im Warenhause Mayer sel. Witwe zu versuchen. Dort wäre alles zu haben, vom Hosenknopf bis zum Klavier. Der Vater atmete auf, das war immerhin eine Hoffnung.

Der Schutzmann wies ihm den Weg.

Im Warenhause wurde der Vater auf seine Frage nach Büsten in die Abteilung von Haushaltungsgegenständen und Kunst gewiesen. Dort standen Wringmaschinen, Herde, Lampen und ähnliche Gegenstände, genau wie bei dem Klempner. Dem Vater schwollen die Adern, aber er beherrschte sich. Ein junger Mann mit naßglattem Haar und einem Gerstenkorn am Auge kam linkisch irgendwoher und stellte sich vor den Vater. Der Vater erzählte ihm eingehend und wichtig, daß er von seinem Verein beauftragt sei, eine Beethovenbüste zu kaufen. Der junge Mensch nickte verständnisvoll und verschwand hinter den Wringmaschinen. Nach einer Weile kam er zurück und fragte: »Mit Bart?«

Das war es gerade, was der Vater nicht wußte. Der junge Mann bat den Vater, ihm zu folgen. Zwischen all dem nützlichen Gerät standen auf einem langen Regal unzählige Büsten. Das war die Abteilung für Kunst des Warenhauses Mayer sel. Witwe. Daneben lagen Plüschalbums und manches artige Nippes aus Biskuit.

»Nehmen Sie doch diese Büste, sie ist an der Nase etwas lädiert, wir lassen sie Ihnen billiger«, versuchte der junge Mann in kaufmännischer Weise. Die Büste stellte einen Trompeter-von-Säckingen-Kopf dar mit einem großen Barett.

»Ist das denn Beethoven? Ich suche doch eine Büste von Beethoven«, meinte der Vater kleinlaut.

»Nehmen Sie vielleicht etwas wie Molke, den Schweiger, oder Genoveva oder einen Gnom mit Bemalung«, fuhr der Jüngling geschäftseifrig fort.

Der Vater wußte zufällig, daß es Moltke hieß, mit t ... mit t; sein Zutrauen zu dem jungen Mann schwand.

»Ich werde unsere Directrice, Fräulein Veranda Cohn holen«, sagte der Jüngling plötzlich.

Eine dicke Dame in einer prall sitzenden Bluse kam, kokett mit dem Kopf wippend, herbei und fiel mit einem Riesenwortschwall und Gestikulationen über den Vater her.

Es dauerte keine fünf Minuten, da stand der Vater schon vor dem Warenhause Mayer sel. Witwe mit dem Turnvater Jahn in Gips im Arm, im seligen Glauben, endlich die Beethovenbüste gefunden zu haben. Die Ausführungen von Fräulein Veranda Cohn überzeugten ihn vollständig. Veranda Cohn hatte keinen Beethoven auf Lager, und der Jahn ging sowieso schlecht.

Der Vater stieg mit der Büste auf einen Straßenbahnwagen. Er mußte draußen auf der Plattform stehen, die ziemlich besetzt war. Er erregte Unwillen mit seiner Gipsbüste. Er machte einem feinen Herrn den schwarzen Paletot weiß. Man drängelte gegen ihn, er verlor den Halt und fiel aus dem Wagen. Der Turnvater ging natürlich in tausend Stücke. Der Vater besah mit Tränen in den Augen den Schaden und seine an den Knien durchgestoßenen Hosen. Er warf dann in der Wut ein Stück Gipsbacke vom Turnvater den gemeinen Menschen auf dem Straßenbahnwagen nach.

Ein großer Herr mit blondem Vollbart, gütigen, hinter einer goldenen Brille hervorschauenden blauen Augen und einem Spazierstock mit Hirschhorngriff war Zeuge des Unfalles gewesen. Hilfsbereit sprang er herbei und bemühte sich um den Vater.

Der Vater faßte Vertrauen zu diesem gütigen Menschen und erzählte ihm von seinem Mißgeschick und dem Zweck seiner Reise.

»Pips Moellemann, Pips Moellemann«, stellte sich der Wohltäter dem Vater vor. Er zeigte ein wirklich edles, menschliches Interesse für den Vater. Der Vater faßte Vertrauen, er wurde zutraulich, und es wurde beschlossen, irgendwo zusammen ein Fläschchen zu trinken.

Da wäre ja die Tirolerkneipe der geeignete Ort, fiel dem Vater ein. Pips Moellemann kannte das Lokal; es war dicht in der Nähe.

Lauter Gesang und Zitherspiel klangen ihnen entgegen. Auf einem Podium saßen fünf tirolische Mädchen und drei Männer in ihrer so kleidsamen Landestracht und behaupteten in dem immer sich wiederholenden Refrain, daß das Zillertal ihre Freud sei.

Herr Pips Moellemann war scheinbar ein wohlbekannter Gast hier in der Tirolerkneipe. Er hatte seinen Stammplatz dicht am Podium. Pips Moellemann bestellte eine Flasche nach der andern. Der Vater wurde zusehends animierter. Er bekam einen roten Kopf und wollte das tirolische Fräulein, das ihm zunächst saß, kneipen. Der Wirt erhob Einspruch, das ernüchterte den Vater ein wenig, und plötzlich kam das schreckliche Bewußtsein über ihn, daß er noch immer keine Beethovenbüste hatte. Was kümmerten ihn die tirolischen Fräuleins? Sein Pflichtgefühl erwachte jäh, er hatte eine heilige Mission zu erfüllen!

Auf dem Klavier stand zwischen zwei Makartbuketts in gußeisernen Vasen die Büste eines bärtigen Mannes, der dem Beethoven aus dem Warenhause ziemlich ähnlich sah. Der Vater bemerkte plötzlich diese Büste. Seine Augen weiteten sich. Beethoven! Der Beethoven dort auf dem Klavier war viel charakteristischer als der im Warenhaus gekaufte! Er mußte diese Büste haben! Er war des Weitersuchens herzlichst müde.

Herr Pips Moellemann verhandelte auf seine Bitte am Büfett mit dem Wirt, der nicht so recht anzubeißen schien, aber doch endlich für fünfunddreißig Mark die Gipsbüste an den Vater abtrat. Daß es sich bei dieser Büste um Andreas Hofer handelte, verschwieg man dem Vater. Man wollte ihm eine Enttäuschung ersparen.

Schweren Herzens dachte der Vater an die fünfunddreißig Mark, die er seinem Ersparten entnehmen mußte.

Die Büste im Warenhaus hatte schon die dreißig Mark des Vereins verschlungen.

Aber man lebt nur einmal! Der Vater überwand bald seine grüblerische Stimmung. Pips Moellemann ließ Flasche auf Flasche anfahren. Der Vater verlor mehr und mehr an Haltung. Er versuchte den Gesang und die nackten Knie der tirolischen Männer zu imitieren. Der letzte Zug zurück in die Heimat war abgefahren. Das machte ihm weiter nichts aus. Eine enorme Betrunkenheit kam über ihn, die ihn alles vergessen ließ.

Spät in der Nacht führte Pips Moellemann den Vater, der krampfhaft die Büste des Freiheitshelden mit beiden Armen umschlungen hielt und sich kaum mehr auf den Beinen zu halten vermochte, in die Anlagen und setzte ihn, die Büste daneben, auf eine Bank nieder. Der Vater ließ den Kopf über die Lehne fallen und schlief ein.

Pips Moellemann nahm sich der Uhr und der Brieftasche des Vaters an und steckte dem Vater einige seiner eigenen Papiere als Ersatz in die Tasche. Dann überließ er ihn seinem Schicksal.

Der Vater wurde in der Nacht von einer Polizeipatrouille aufgegriffen und aus den in seiner Tasche steckenden Papieren als der berüchtigte Museumsdieb Veit Rambusch festgestellt. Veit Rambusch stahl als Spezialität Büsten und Denkmäler. In die Mona-Lisa-Affäre war er auch verwickelt.

Der Vater hielt in seiner Betrunkenheit alles, was mit ihm geschah, für gut und nützlich.

Er wurde, da aus seinen Papieren unstreitig hervorging, daß er der Einbrecher Veit Rambusch war, in Sachen Mona Lisa an Frankreich ausgeliefert.

Das Denkmal Noahs

Und es geschah, daß uralte Männer zusammensaßen und tagten. Sie tagten schon viele, viele, viele lange Jahre, und ihre Bärte waren durch den Tisch, sogar bereits durch den Fußboden in den Keller gewachsen.

Urgroßväter hatten bereits in ihrer Jugend in vergilbten Chroniken gelesen von diesen uralten Männern, wie sie von alters her tagten, wie Generationen kamen und gingen, Geschlechter ins Grab sanken und die uralten Männer blieben und tagten.

Und wenn das Volk von den uralten Männern sprach, so wurden die Stimmen leise von Ehrfurcht, und ein heiliges Schauern überlief die Gesichter.

Und niemand wußte, von wannen die uralten Männer kamen und was ihre Verrichtung und Bestimmung war, und darum nannte man sie das Komitee.

Vor dem Gebäude aber, in welchem die uralten Männer tagten, standen viele Reihen knorriger Bäume. Und an jedem Baum hing ein gebleichtes Skelett, und am Fuße fast jeden Baumes kauerten andere

Skelette, große und kleine. Hier vier, dort sechs, an einem andern Baum gar zwölf. Je nachdem. Nur an einigen wenigen Bäumen kauerte nichts.

Und in den gekrampften Händen der aufgehangenen Skelette hatte man vergilbte, beschriebene Papierfetzen gefunden, die von klugen Schriftgelehrten als Pfändungsprotokolle wegen unbezahlter Gipsrechnungen erkannt wurden. Weise Deuter der Kranioskopie hatten die Schädel für die von Bildhauern und Architekten erklärt.

So hatten die Urgroßväter in ihren Chroniken gelesen und es staunenden Urenkeln an manchem Winterabend erzählt, wenn der Sturm um das Haus heulte und mit den Fensterläden und den Dachziegeln spielte.

»Selbstmörder, Selbstmörder, klapper, klapper! Ließen Weib und Kind und Eltern im Stich, mußten verhungern, mußten verhungern, klapper, klapper!« sang es, wenn der Wind die Knochen aneinanderschlug. Und das Volk floh voller Entsetzen diesen gräßlichen Ort.

Die uralten Männer aber tagten unentwegt, unentwegt.

Und über der Zeiten Lauf war der Sekt trocken und wieder süß und wieder trocken geworden vor Langeweile.

Neben dem Raum aber, wo die uralten Männer tagten, war ein großer, weiter Saal, wohl etwa fünfhundert Meter im Geviert. Darinnen standen gar seltsame Dinge. Einen überaus eigenartigen Anblick bot dieser Saal.

Aha, ah so, Fachausstellung des Konditorei- und Zuckerbäckergewerbes! würde der oberflächliche Laie sofort gesagt haben. Und nicht mit Unrecht, denn die Gebilde, die hier in Reihen aufgestellt waren, mochten wohl auf den ersten Blick wie große bizarre Torten aus weißem Zuckerguß, wie sie die Festtafel des reichen Mannes zieren, erscheinen.

Aber, o Laie, o Tor! Mit nichten war dieses eine Fachausstellung dieser Art, sondern eine Ausstellung von Denkmalsentwürfen in Gips, Gips, Gips, Duliöh. Es hieß ein Denkmal errichten: das war der uralten Männer Zweck und Sinn.

Aber die Erkenntnis über Zweck und Sinn ihres Sitzens hatte der Strom der Zeiten verwischt.

»Warum sitzen wir uralten Männer hier? Ich weiß nimmermehr, warum ich hier sitze und meinen Bart durch den Tisch wachsen lasse. Ich weiß es nicht!« So hub einer der uralten Männer, nachdem während der letzten hundert Jahre alle brütend geschwiegen hatten, zu klagen an, und eine Träne rann ihm aus dem linken Augenwinkel auf den Gehrockaufschlag.

»Ja, warum sitzen wir hier unentwegt, unentwegt, wir uralten Männer?« jammerte ein anderer.

»Wir beraten, wir beschließen, wir entscheiden«, klang es dumpf und schwer vom Kopfende des Tisches.

»Wir beraten, wir beschließen, wir entscheiden«, echote das Gemurmel der Versammelten.

Dann tiefes Schweigen wiederum wohl an die hundert Jahre.

»Worüber wollen wir beraten, beschließen, entscheiden?« konnte sich der vorlaute uralte Mann von vorhin nicht enthalten zu fragen. »Worüüüüber?« Der Arme wand sich in den schrecklichen Qualen einer geängstigten Seele.

Keine Antwort. Und weitere hundert Jahre fraß Kronos.

»Noch immer gab mir keiner Antwort auf meine Frage: worüber wir beraten, beschließen, entscheiden wollen!« ließ sich wieder die Stimme des grübelnden, uralten Mannes vernehmen.

»Wir sind das Komitee«, rang es sich einstimmig aus der Runde Mund, und wieder tiefe Stille wie zuvor.

Abermals sanken viele, viele Jahre in das Meer der Ewigkeit.

»Man sollte in den Zeitungen nachschauen, warum wir hier sitzen. In den Zeitungen, den Zeitungen!« Eine hohe zirpende Stimme stach urplötzlich in das dumpfe Grau der Lethargie. Fast wie eine Erlösung war es.

»In den Zeitungen, Zeit ... Zeit ... Zeit ... ungen ... ungen ... ungen ... ungen, Z ... Z ... Z ...«, wisperte, zischte, flüsterte, raunte es durch den Raum.

Aber o, über die Unwissenden, die Unklugen! Die uralten Männer wußten nicht, daß in der Welt da draußen, in den chaotischen Umwälzungen des Werdens und Vergehens die Kenntnis der Buchdruckerkunst wieder verloren gegangen war. Wußten nicht, daß der letzte Journalist, natürlich ein Berliner, im britischen Museum in Spiritus aufbewahrt wurde.

Ja, ja, das waren andere Zeiten damals, was, ihr uralten Männer? Als ihr noch Springinsfelde waret, zu beraten begannet und wußtet noch, worüber. Was, ihr uralten Männer?

799658317 Journalisten hatten ihre Lebensarbeit der hehren Tätigkeit des Komitees gewidmet und viele weise Worte, die Zeile à 30 Pfennig zum Lobe, etliche indessen auch zum Unlobe der uralten Männer und ihres Beginnens geschrieben.

»Es müßte einer auf die elektrische Schelle drücken, damit man Zeitungen herbeischafft, schafft, schafft ... afft ... fft ... t«, meinte einer uraltklug.

»Wir sind angewachsen. Niemand von uns kann auf den Knopf drücken«, klang es wie ein hoffnungsloser Jammer aus aller Mund.

Und abermals kroch ein hundertjähriges Schweigen über die uralten Männer.

»Ich muß austreten, austreten«, stöhnte es plötzlich vom unteren Ende des Tisches, und die uralten Männer schreckten auf und schauten ihn an, der also gesprochen und nun verlegen vor sich hin sah. Und wie ein Blitz kam die Erkenntnis über alle, daß sie alle austreten müßten, und es war eine große Not unter den uralten Männern.

Da aber geschah es, daß Genoveva aus Schneidemühl der Verzweiflung der uralten Männer gewahr wurde, und sie kam spornstracks herbei und befreite mit mildem Augenaufschlag und einer Schere, ritsche, ratsch, die Unglücklichen.

Und sie gelangten von ungefähr in den Saal von etwan fünfhundert Metern im Geviert, darinnen die seltsamen Dinge aufgestellt waren, und sie fürchteten sich sehr und gingen scheu wieder zurück und setzten sich an ihren Tisch.

Und der uralte Mann, der zu Häupten des Tisches saß, blätterte verloren in den leeren Konzeptpapierbogen, die vor ihm lagen; doch plötzlich weitete sich sein Blick, seine Brust hob und senkte sich voller Erregung, und er wies stumm in heiligem Erbleichen auf ein Blatt, auf dem die vorgedruckten Karrees mit Bleistift nachgefahren waren, das mit wirren Bleistiftschnörkeln bedeckt war und auf welchem in gesuchter Schönschrift viele Male das Wort »Denkmal« geschrieben stand.

»Wir wissen, warum wir sind und was unser Zweck, unsere Bestimmung ist. Das Denkmal, das Denkmal!« schrieen wie aus einem Munde die uralten Männer. Und ihre Augen leuchteten, und ihre Gebärden frohlockten.

»Wer war es nun wieder, dessen Gedenken das steinerne Mal geweiht war?« sagte irgend jemand, wie so obenhin. Und alle schauten sich an, und die Gesichter bekamen starre Falten, und sie klappten alle wieder zusammen. Jedoch der, der zu Häupten des Tisches saß, reckte sich plötzlich auf und kehrte zurück in den Saal. Und die anderen uralten Männer folgten ihm nach. Sie zogen umher im Saal und beschauten die Dinge aus Gips und wurden nur wirrer, und die Augen traten ihnen stielförmig vor die Köpfe. Dem einen mehr, dem anderen weniger. Aber niemand wußte, wessen Ruhm das Monument verkünden sollte.

Einer der uralten Männer blieb wie gebannt vor einer gipsernen Festung stehen, streichelte diese ununterbrochen, zärtlich lallend: »Gips, den gibt's, Gips, den gibt's.«

Ein anderer stammelte unsicher: »War es nicht Roda Roda, den wir ehren wollten?«

Ein wirres Stimmendurcheinander erhob sich.

»Schäfer Ast, Kufeke, der Erfinder des Kindermehles«, wurde wild geraten.

»Antonie Bender, die glorreiche Erfinderin der Suppennudeln, war die es nicht, die wir feiern wollten?« reflektierte einer vor einer merkwürdigen Gipstorte.

»Schaut her, ich hab's«, regte sich eine andere Stimme, »das Denkmal ist für Schweppermann, den braven Schweppermann!«

Und alle schlurften herbei. Aber wie immer schüttelten sie nach längerer Betrachtung des betreffenden Entwurfes die Häupter, stierten umher auf die Anhäufung von Gips, und je mehr sie stierten, um so verwirrter wurden sie.

Nur der uralte Mann mit der Schweppermanndiagnose war auf den Denkmalsentwurf geklettert und brummte fortgesetzt vor sich hin: »Dem braven Schweppermann zwei!«

Sonst war eine tiefe, unheimliche Stille im Saal. Der Krampf des Stumpfsinns hatte die uralten Männer erfaßt.

»Oah, oah«, fiel plötzlich, wie ein Tropfen Schleim, ein tiefes, entsetzliches Stöhnen in den Saal.

»Oah, oah«, antwortete ein anderer.

Und von allen Seiten erhob sich dieses Japsen und Ächzen: »Oah, oah, oah!«

Und der uralte Mann, der zu Häupten des Tisches gesessen hatte und mit schlaffen Gesichtszügen, apathisch vor einer Gipsburg stand, reckte sich urplötzlich auf, ein Leuchten kam in seinen Blick, und er schrie gleich einer Fanfare in den Saal: »Richtig, meine Herren, richtig,

Noah war es, dem wir ein Denkmal bauen wollten. Schauet alle her. Wer anders ist dieser nackte Jüngling, der vor dem Gewässer hier steht? Noah, vom Künstler in der Glorie der Jugend dargestellt (nach einem Bild kurz nach der Versetzung in Obersekunda). Dort jener Künstler zeigt ihn als bärtigen Alten. Andere Bildner schufen nur die Arche. Wieder andere nur Tempel zu seinem Preis!«

Und alle uralten Männer hoben die Hände hoch und jubelten: »Ja, Noahn, Noahn wollten wir ein Mal errichten!«

Dann gingen sie zurück in den Raum neben dem Saal, um des Rats zu pflegen.

Und der uralte Mann, der zu Häupten des Tisches saß, hub an zu reden: »Meine Herren, wir wissen nun, daß es sich um eine Ehrung Noahs handelt. (Bravo, bravo! Ein uralter Mann erhob sich und sang: God save the queen.) Jetzt gilt es, zu entscheiden, wohin mit dem Denkmal, und welcher Ausführung der Lorbeer zuzuerkennen ist. Ich glaube, die Platzfrage ist schnell gelöst. Es kann nur ein Platz meines Erachtens in Frage kommen, und das ist der Ort, wo Noahs Arche landete, wo er nach der Sündflut zuerst den Boden betrat, der Ararat. Ich glaube, meine Herren, Sie sind mit mir in diesem Punkte der gleichen Ansicht. (Beifall und Zustimmung.) Dann können wir zum zweiten Punkte übergehen. Daß Denkmal und Landschaft eine rein künstlerische Einheit, ein harmonisches Ganzes bilden, das ist meines Erachtens der Urzweck eines Denkmals. (Stürmischer Beifall. Der uralte Mann mit der Schweppermanndiagnose rief dazwischen: »Dem braven Schweppermann zwei!«) Es ist nun die Frage, paßt man die Landschaft dem Denkmal an oder das Denkmal der Landschaft? Wie Sie, meine Herren, wohl eben alle während der Besichtigung der ausgestellten Entwürfe zur Überzeugung gekommen sein werden, werden diese sämtlich die altehrwürdige Silhouette des Ararats erheblich verändern, was natürlich aus Gründen der Pietät unbedingt vermieden werden muß. Ich mache daher den Vorschlag, den Ararat abzutragen und ihn vielleicht in einer Entfernung von einer englischen Meile wieder aufzubauen und dann auf dem historischen Fleck, wo er gestanden, Noahs Denkmal zu errichten. Auf diese Weise ist die Gefahr, daß der Ararat durch seine aufdringliche Monumentalität die Wirkung des Denkmals beeinflußt, auf jeden Fall behoben. Für uns käme also nur Anpassung der Landschaft an das Denkmal in Frage.«

Der uralte Mann, der zuerst hatte austreten müssen, unterbrach den Redner und bat dringend ums Wort, erhob sich, setzte sich aber wieder nach einer Weile, da er vergessen hatte, was er sagen wollte.

Der Redner fuhr fort: »Jetzt käme noch als wesentlichstes in Frage, welchem Projekt der Vorzug zu geben wäre. Ich bin, offen gestanden, der Ansicht, Denkmal ist Denkmal. Ich möchte aber, um allen Teilen gerecht zu werden, dem Schicksal die Entscheidung anheimgeben und schlage vor, einen von uns durch das Los zu bestimmen, als Werkzeug des Fatums zu wirken, und zwar in folgender Weise: Der, auf welchen das Los fällt, wird nach Genuß von zwei Flaschen Kognak, zwei Flaschen Boonekamp, zwei Flaschen Sekt und einer Flasche Chablis auf ein Fahrrad gesetzt und in den Saal gelassen. Dem Modell, welches er zuerst umfährt, soll der Lorbeer zuerkannt werden. Wir lassen auf diese Weise die Vorsehung entscheiden!«

Die uralten Männer, die während der Rede gedöst und erst, als das Wort »Fahrrad« fiel, aufgemerkt hatten, unterbrachen den Redner unter Protestrufen.

Als sich der Lärm ein wenig gelegt hatte, erhob sich der uralte Mann, der schon vorher aufgestanden war, aber nicht gewußt hatte, was er sagen wollte, und hub nun wirklich also an: »Man soll gütig sein, liebe Freunde, gegen sich und gegen andere. Man soll uns uralte Männer nicht auf ein Fahrrad setzen. Nein, das soll man nicht. Und auch, warum wollen wir Mißgunst säen? Warum soll nur einer den Preis haben? Wir wollen alle bedenken, darum bitte ich Euch, meine lieben Freunde, lassen wir doch alle Entwürfe, die eingelaufen sind, zur Ausführung bringen. Dann ist die Welt mit Denkmälern für lange Jahre gesegnet, und wir können ruhig von hinnen fahren!«

Und die uralten Männer, die alle nichts mehr vom Fahrradfahren hielten, beschlossen, obgleich der, der zu Häupten des Tisches saß, anfangs noch einige Einwendungen gemacht hatte, alle Entwürfe ausführen zu lassen.

Und so geschah es. Und da für die Menschen kein Platz mehr blieb auf der Erde, zogen sie alle zum Mars.

Von Menschen und Maschinen

Wie ich mich entschloß, auf den Händen zu gehen

Ich war ein glücklicher und zufriedener Mensch, bis mir mein Onkel William Feesemupp aus Amerika zu meinem Geburtstag eine kleine längliche Schachtel schickte mit der Aufschrift: Fountain Pen.

In der Schachtel befanden sich ein etwa zehn Zentimeter langes, schwarzes Stöckchen und ein mit englischen Worten bedruckter Zettel, der eine Erklärung des rätselhaften Stöckchens zu geben schien. Dieser Zettel war für mich von keinem Nutzen. Außer »yes« verstand ich kein Wort Englisch.

Es beunruhigte mich unsäglich, über den Sinn und Zweck des mysteriösen Geschenkes meines Onkels nicht im klaren zu sein. Gott, was war das nur? Onkel William war ein praktischer Mann, der mir nur Nützliches schenken würde.

Immer wieder nahm ich die dem Stäbchen beigefügte englische Erklärung vor; ich stierte auf den mir völlig unverständlichen Zettel. Da waren immer die entsetzlichen Worte: pull out, put in, pull out, put in, die mir wie ein höhnender Zuruf, ein Spott erschienen. Fountain Pen – Tag und Nacht quälte mich dieses Wort, es nahm mir alle Tatkraft. Ich hörte auf, mich zu rasieren und die Wäsche zu wechseln. Zusammengekauert saß ich in der Ecke und grübelte.

Meine Magd Protuberanze Zahnlück beobachtete mit Schrecken die seltsame Veränderung, die mit mir vorging. Mit den köstlichsten Leckerbissen versuchte sie vergebens, mich aus meiner Grübelecke zu locken, selbst Schinken mit frischem Spargel und Rheinsalm mit Gurkensalat vermochten nicht, mich meiner Lethargie zu entreißen und die alten Lebensenergien wieder aufzuwecken.

Dieser furchtbare Zustand, in den ich durch das wohlgemeinte Geschenk meines Onkels geraten war, dauerte nun bereits mehrere Wochen.

Fountain Pen – pull out, put in, pull out, put in – hämmerte es fortgesetzt in meinem Hirn.

Unbedingt wäre ich dem Irrsinn verfallen, wenn nicht zufällig eines Tages mein Freund Abel Hülskilbe zu mir gekommen wäre. Er ließ vor Monaten seine Gummischuhe bei mir stehen und kam jetzt, um sie abzuholen. Er war ein guter Kerl, aber sehr zerfahren und vergeßlich.

Durch Protuberanze erfuhr er sofort an der Haustür, was geschehen war, von dem Verhängnis, das durch das Geschenk meines Onkels über mich gekommen war.

Abel war mir stets ein hilfsbereiter Freund gewesen. Ich hatte Vertrauen zu ihm, und sein Erscheinen wirkte auf mich wie ein Strahl von Hoffnung.

Ich reichte Abel erwartungsvoll die Schachtel. Er entfaltete den beigefügten Zettel und gestand nach längerer Prüfung, daß diese Erklärung in englischer Sprache verfaßt sei.

Was Fountauin Pen und pull out, put in nun eigentlich hieß, wußte er ebensowenig als ich. Wie mir, war auch ihm das Stöckchen ein Rätsel.

»Da müssen wir ein Wörterbuch nachschlagen«, sagte er nach längerem Nachdenken, »ich habe ein englisches Wörterbuch, welches ich dir schicken werde.«

Das war die Rettung. Man konnte die unheimlichen Worte nachschlagen und den Sinn des Geschenkes ergründen.

Wir tranken vor allem fünfzehn Flaschen Pale-Ale und zwei Flaschen Whisky, rauchten englischen Tabak aus englischen Pfeifen und leckten zum Schluß von zehn Rollen englischem Pflaster den Leim. So glaubten wir uns in der richtigen Weise vorzubereiten und eine empfängliche Basis für englische Art und Sprache zu schaffen.

Wir bereiteten uns zu gründlich vor.

Abel wurde wie ein toter Gegenstand von der trefflichen Magd und dem Chauffeur in ein Auto verladen und in seiner Wohnung abgegeben. Ich erwachte am nächsten Nachmittag unter dem Tisch in einer Wasserlache, den Mahagoniständer, auf dem sonst ein Fischglas stand, in den Armen.

Um mich herum lagen Scherben zerstreut. In der geballten Hand hielt ich einen toten Goldfisch.

Protuberanze stand vor mir und heulte gottesjämmerlich. Sie schüttelte verzweifelt den Kopf. Ein vermaustes Zöpfchen hing ihr in den Nacken.

Mit ihrer Hilfe gelang es mir, auf die Beine zu kommen und in einem Klubsessel zu landen.

Fountain Pen, pull out, put in – – schon fing es wieder an in meinem Schädel, dieses schreckliche Karussell.

Ich versuchte mit Whisky, mit sehr viel Whisky, das Karussell zum Stillstand zu bringen. Protuberanze rang die Hände.

Abends brachte ein Roter Radler das versprochene Buch von Abel Hülskilbe. Aus dem qualvollen Sinnieren wurde ich jäh herausgerissen. Freudigen Mutes und voller Zuversicht stürzte ich mich auf das Buch, das mir die Lösung des Geheimnisses Fountain Pen bringen sollte.

Aber wie sollte ich enttäuscht werden!

Heiter und sicher schlug ich das Buch auf, und gleich auf den ersten Seiten kam neue Unruhe über mich. Die Namen und Zahlenreihen, die vor meinen Augen tanzten, wollten mir nicht klar werden. Und je mehr ich forschte, suchte, blätterte, vorwärts und rückwärts, um so unverständlicher wurde mir dies alles. Meine Augen bohrten sich stierend in die Seiten, auf denen es wie von kribbelnden Ameisen wimmelte. Stunden der Nacht hielt mich das Buch wie gebannt. Doch als das Grau des Tages in das Zimmer floß, fand ich aus einer tollen Wut heraus die Kraft, das Buch von mir zu schleudern und mit meiner Browning in tausend Fetzen zu zerschießen.

Die Schüsse verhallten.

Fountain Pen! schien es aus den Ecken zu höhnen. Ich mußte Ruhe haben, wenn ich nicht dem Wahnwitz anheim fallen wollte. Ich schlug meinen Kopf einige Male fest auf die Marmorfensterbank und sank betäubt in den Klubsessel. Irgendwo fiel eine Bowle herunter.

Die Sonne stand am nächsten Tage schon recht hoch, als ich erwachte. Vor mir stand Abel Hülskilbe und betrachtete mit großem Interesse eine Beule, die sich wie eine blaue, faustgroße Frucht an meinem Kopf gebildet hatte.

»Du bist natürlich mit dem Buch nicht zurecht gekommen«, begann Abel ein wenig schuldbewußt. Ich ballte die Fäuste und sah ihn fragend an.

»Daran ist dein Whisky schuld; ich habe dir versehentlich das Reichskursbuch von 1901 geschickt!«

Schon packte ich Abel mit starken Armen und warf ihn das Fenster hinaus. »Ich weiß, was Fountain Pen heißt!« schrie er stürzend.

Kaum sammelte ich mich ein wenig, ich keuchte noch von der Anstrengung, als Abel wieder in das Zimmer trat. Er war unverletzt, nur der steife Hut war eingedrückt. Er war mit Gottes Hilfe in eine Karre mit Unrat gefallen. Mein Zorn legte sich.

»Roher Mensch! Fountain Pen ist ein Taschentintenfüllfederhalter. Der dir gesandte hat eine von den bisherigen im Handel befindlichen Systemen ganz und gar abweichende Form. Das war wohl der Grund, daß ich ihn nicht in seinem Zweck erkannte. Der Füllfederhalter ist eine praktische, äußerst praktische Erfindung. Jederzeit schreibbereit. – Hätte ich eben das Genick gebrochen, hättest du es nie erfahren. Gib mir den Zettel, der in der Schachtel lag, wir lassen ihn bei Miß Ashkees, die sich mit Übersetzungen befaßt, ins Deutsche übertragen«, so sprach Abel sachlich, ruhig, ohne Groll und verließ mit dem Zettel das Zimmer.

Also einen Taschentintenfüllfederhalter schenkte mir mein Onkel. Das ist ein praktisches, zeitgemäßes Instrument, das jeder Mensch, der sein Brot mit der Feder verdient, besitzen muß. Es war doch eine Schmach, daß wir die Bedeutung des Fountain Pen nicht gleich erkannten. Abel hätte das zum wenigsten sofort wissen sollen.

Abel kam bald mit der Übersetzung der Gebrauchsanweisung und zwei großen Flaschen Tinte zurück.

»Ich habe die Gebrauchsanweisung in der Elektrischen bereits genau geprüft, überlasse es mir, den Federhalter mit Tinte zu füllen und gebrauchsfertig zu machen«, schlug mir Abel vor. Ich war wohl damit einverstanden. Ich verfolgte genau das Tun meines Freundes.

So, die vordere Kapsel war abzunehmen, das war als erstes vorgeschrieben. Gott, was war vorne, was war hinten? Natürlich machte Abel es verkehrt und schraubte die Kapsel auf der falschen Seite ab. Ein kleiner Stift mit einem Kopf aus Messing, der in der Mitte des Halters angebracht war, sollte bei der Füllung des Halters heraus und wieder hineingeschoben werden, fortgesetzt raus und rein (so hatte Miß Ashkees »pull out, put in« übersetzt). Abel hielt nun den Halter in die Tintenflasche und machte an dem Messingknöpfchen pull out, put in – wohl eine gute halbe Stunde. Es geschah nichts, die Tinte blieb in der Flasche. Abel ließ aus Versehen dann den Halter in die Flasche fallen. Wir gossen die Tinte in einen Suppenteller und fischten den Halter wieder heraus. Mein Vertrauen zu Abel begann zu wanken. Der Halter sei wagerecht zu füllen, stand in der Gebrauchsanweisung. Das hatte Abel übersehen. Er verteidigte sich und meinte, es sei wohl unwesentlich, aber man könne es ja immerhin versuchen. Er legte den

Halter schräg in den mit Tinte gefüllten Suppenteller und machte an dem Knöpfchen pull out, put in. Sogleich stiegen dicke Tintenblasen auf, die mit einem schluchzenden Geräusch platzten und Abel Tinte ins Gesicht spritzten. Der Halter schien tief zu atmen, er zuckte hin und her. Es war in der Tat unheimlich. Dann schoß plötzlich ein Strahl Tinte, wie ein Springbrunnen, aus dem Suppenteller Abel mitten ins Gesicht. Abel riß den Halter aus der Tinte, der stöhnende Laute von sich gab.

Abel konnte einen Neger beschämen, aber er verlor nicht die Geduld, sich weiter mit dem Halter zu beschäftigen und ihn gebrauchsfähig zu machen. Ich bekam nichts mit von dem Tintenstrahl, hatte nur Tinte an den Fingern.

»Vielleicht hast du die Kapsel an der verkehrten Seite abgeschraubt?« warf ich ein.

Stillschweigend schob Abel die abgenommene Kapsel auf und streifte die Kapsel am anderen Ende ab. Eine goldene Feder kam zum Vorschein, in die ein Röhrchen endigte. Das Ende mit der Feder mußte wagerecht in die Tinte getaucht werden. Abel tat es, machte am Messingknöpfchen pull out, put in, und gierig begann der Federhalter zu saugen. In wenigen Minuten war der Teller geleert. Man goß die zweite Flasche Tinte nach, die ebenso schnell im Halter verschwand. Als der letzte Tropfen aufgesogen war, begann der Federhalter in gräßlicher Weise zu knirschen und sich aufzublähen. Wir sandten Protuberanze weg, schleunigst noch zehn Flaschen Tinte zu holen.

Prompt saugte der Füllfederhalter auch dieses Quantum. Es war uns unerklärlich, wo die Tinte blieb. Erst nach der zwölften Flasche beruhigte sich der Halter ein wenig. Um immer gerüstet zu sein, bestellte ich auf den Rat von Abel in einer Tintenfabrik dreißig Hektoliterfässer Tinte.

»So, mein Lieber, jetzt ist der Federhalter schreibbereit, gefüllt und in Ordnung. So, ich stecke ihn dir in die obere Tasche deiner weißen Weste. Schmeiß deine Tintenfässer und deine Taschenbleistifte, die immer abbrechen oder einen in der Tasche stechen, in die Müllkiste. Du hast jetzt das unentbehrlichste Requisit des modernen Schriftstellers und Journalisten. Stets schreibbereit.« Er klopfte mir dabei auf die Schulter und schüttelte mir zum Abschied die Hand. Er ging, um sich mit Bimsstein, Schmirgel, schwarzer Seife und einer Wurzelbürste zu versehen. Er wollte nicht Neger bleiben.

Ich mußte mich bei meinem Onkel bedanken. Der erste Brief mit dem Fountain Pen geschrieben! Schon war Tinte durchgesickert in die Tasche. Es bildete sich ein großer Flecken. Der Halter triefte von Tinte. Ich putzte ihn an der Gardine ab und setzte mich an meinen Schreibtisch. So, jetzt mit Schwung die Überschrift: Lieber Onkel! Anstatt einer deutlichen Schrift, wurde es nur ein Gekratze auf dem Papier. Die Feder blieb trocken. Es lief keine Tinte. Dafür tropfte mir aber aus dem anderen Ende des Halters Tinte in den Ärmel. Ich schüttelte den Halter, erreichte aber nur, daß überall Tinte herausspritzte, nur an der Feder nicht. Na, wird schon mal kommen. Die Tinte muß sich setzen. Ich putzte den Halter wieder an der Gardine ab. Ich zog eine neue Weste an und steckte ihn in die obere Westentasche. Ich tröstete mich mit dem Gedanken, daß so eine Feder erst mal eingeschrieben und die Mechanik richtig erkannt werden muß.

Ich hatte mich lange nicht im Kaffeehause am Stammtisch sehen lassen. Da mußte doch der eine oder andere sein, der über Füllfederhalter informiert oder im Besitz eines solchen war. Zu den Kenntnissen Abels hatte ich kein Vertrauen mehr.

Ich ging ins Kaffeehaus. Man war am Stammtisch ziemlich vollzählig erschienen. Nur Feodor Nießwurz vom »Tageblatt« und Doktor Kurt Druckknopf vom »Journal« fehlten. Ein seltener Gast saß heute auch mal wieder am Stammtisch, der bekannte, aber auch gefürchtete Psychiater Professor Doktor Bastian Kopfschupp. Er galt auf dem Gebiet der Psychiatrie allgemein als Autorität. Zwar wußte man, daß er weniger aus menschenfreundlichem Interesse heraus, als aus Vorliebe für die Grotesken gestörter Gehirne gerade dieses Gebiet zum einzigen Feld seiner wissenschaftlichen Tätigkeit und Forschung machte. Seine Belasteten waren ihm ergötzliche Marionetten. Manische, Irre jeglicher Sorte und Schattierung wurden bei ihm zu Akteuren in einer köstlichen Posse. Er besaß in hohem Maße hypnotische und telepathische Fähigkeiten. Die Methode, alles, was in der Welt geschieht, alle Ausdrucksformen, alle Erfindungen auf technischem oder wissenschaftlichem Gebiet auf Bazillen im Gehirn zurückzuführen, stammt von ihm. Nachahmung und Verbreitung neuer Erkenntnisse nannte er Folgen von Infektionen. Er sprach vom Sportbazillus mit seinen vielen Abarten, vom Kunstbazillus, vom Erfindungsbazillus, vom Zeitungsbazillus, vom militärischen Bazillus usw. Dann auch glaubte er an eine bestimmte Infektion bei der Benutzung von sogenannten patentierten Gebrauchsgegenständen, wie von Taschenfeuerzeugen, Füllfederhaltern, unexplosibelen Lampen, Taschenmessern mit Musik und tausend anderen für den modernen Menschen unentbehrlichen Gegenständen. Patienten, die von einem solchen Bazillus befallen waren, schätzte er sehr als Objekte zu Versuchen auf die Groteske und für die Therapie der Anpassung und Einstellung auf den Gegenstand.

Ich hatte den Rock ein wenig geöffnet.

Professor Kopfschupp erzählte von der Infektion eines eifrigen Fußballspielers, der von früh bis spät den Ball trat. Nach einigen Monaten war er nicht mehr in der Lage, normal zu gehen. Er konnte sich nur noch in großen Tretsprüngen auf der Straße bewegen. In Ermangelung eines Balles riß er oft Leuten die Hüte vom Kopf. Das war ein typischer Fall.

»Sie tragen einen Füllfederhalter«, sagte plötzlich Professor Kopfschupp, meine Tintennägel sarkastisch betrachtend, »bitte, was haben Sie für ein System?«

Ich war stolz, mit meinem Fountaln Pen renommieren und ihn vorführen zu können. Ich griff in die Weste. Ich faßte in Feuchtes. Meine Weste war auf dieser Seite völlig mit Tinte getränkt. Ich hatte das, weiß Gott, nicht bemerkt. Auch daß mir die Tinte am Bein hinunterlief und die Schuhe füllte, konnte ich feststellen.

Kopfschupp lächelte milde: »Ja, ein Fountain Pen, amerikanisches Fabrikat, schwerer Fall.«

Er versuchte auf dem Tischtuch mit meinem Halter zu schreiben. Die Feder blieb trocken. Er machte an dem Messingknopf pull out, put in und versuchte dann noch einmal zu schreiben. Jetzt kam wohl Tinte in die Feder, aber viel zu viel. Es gab nur Kleckse.

»Ja, ja, ich kenne das System. Sie müssen, um unerwünschte Tintenabsonderung zu vermeiden, auf den Händen gehen. So bleibt ihre Füllfeder stets schreibbereit. Schauen Sie«, der Professor wies zur Tür, »da kommen die Herren Nießwurz und Druckknopf. Sie haben beide Füllfederhalter verschiedenen Systems. Um das Ausfließen der Tinte zu vermeiden, muß Nießwurz im rechten Winkel nach vorne, Druckknopf rechtwinklig zurückgebeugt einhergehen. Das ist meine Therapie, und die Herren fahren wohl dabei.«

Die beiden Erwähnten näherten sich in der durch ihre Füllfederhalter bedingten Stellung, setzten sich unter großen Schwierigkeiten an unseren Tisch und schrieben, unbekümmert ob der seltsamen Lage, mit wohlfunktionierenden Füllfederhaltern ihre Kritik über die Premiere, von der sie kamen.

Professor Kopfschupp schmunzelte mit Wohlbehagen.

Er wies noch auf einen korpulenten Herrn, der am Nebentisch saß. Es war ein Familienromanschriftsteller. Er schrieb Tag und Nacht, wo er ging und stand, seine Romane für Haus und Familie. Er fand keine Zeit zum Eintunken. Er trug auf bloßem Leibe, vorne und hinten, über den Schultern mit einem blauen Band zusammengehalten, zwei flache Gummisäcke mit Tinte gefüllt, aus denen Schläuche zum Federhalter führten. So brauchte er kein Tintenfaß. Er war eben ein Mann, der nicht eintunken wollte, gar nicht eintunken.

Professor Kopfschupp schmunzelte auch angesichts dieses Patienten. Dann nahm er einen kleinen, stumpfen Bleistift aus der Tasche und notierte sich meinen Namen.

Ich akzeptierte den therapeutischen Vorschlag des Psychiaters, mich und meinen Fountain Pen betreffend, und gehe jetzund und immerdar auf den Händen. Ich ertrage es gern und habe mich daran gewöhnt. Mein Füllfederhalter saugt zwar enorme Tintenmengen, funktioniert aber soweit einwandfrei.

Immer wenn mich Kopfschupp auf der Straße sieht, schmunzelt er.

Die Diva und die Notbremse

Vor nichts in der Welt hat der Mensch einen so unbedingten heiligen Respekt, wie vor der Notbremse. Sie erscheint ihm wie eine geheimnisvolle unbekannte Kraft, die, von tollkühner Menschenhand gelöst, mit schwerer Vergeltung den übermütigen Täter trifft. Eltern weisen Kindern mit erhobenem Finger bedeutsam den geheimnisvollen Hebel, schrecken sie warnend, ihn zu berühren oder auch nur anzuschauen.

Lepra oder Cholera oder die Pest erscheint den Menschen als leichter Schnupfen im Vergleich zu der Katastrophe der Auslösung der unheimlichen Gewalt der Notbremse.

Die erschreckliche Furcht basiert im Urgrunde auf einer atavistischen Veranlagung oder einer Infektion mit dem Respektbazillus, der uns schon von Jugend auf im Blute gärt, sich mit den Jahren fortgesetzt vermehrt und diese hektische Subordination und zitternde Scheu vor der amtlichen Verordnung hervorbringt. Protokoll! Amtliche Sistierung!

Diese Worte sind Keulenschläge. Diese Worte lassen die Menschen mit Schauder überlaufen.

Diese Veranlagung hatte die Opernsängerin Julie Briendöpke in ausgesprochenem Maße.

Die Beschäftigung am Theater gebiert ja sowieso in kurzer Zeit äußerste Nervosität. Auf dieser Basis wachsen schon unbedeutende Mißhelligkeiten des Alltags zu gesteigerten Tragödien. Ein stehengebliebener Schirm, eine auf das Seidene verschüttete Soße, ein heruntergefallener Zopf, eine im Rücken geplatzte Bluse oder andere solcher nichtigen Miszellen genügen, nervöse Evolutionen hervorzurufen.

Die Opernsängerin Briendöpke war an dem Theater einer mittleren Provinzstadt engagiert. Der Direktor der Oper der benachbarten Residenzstadt hatte ein Auge auf sie geworfen und schlug ihr eines Tages ein Engagementsgastspiel an seiner Bühne vor. Sie sollte die Brünhilde singen. Ein Ereignis für sie, welches natürlich eine außergewöhnliche nervöse Spannung bei ihr zur Folge hatte. Es konnte ihr passieren, daß sie an einem Fuß einen gelben Halbschuh und am anderen einen schwarzen Lackstiefel anhatte, wenn sie ausging.

Tag und Nacht übte sie ihre Rolle bei offenem Fenster. Fünfmal bekam sie ein Protokoll à 5 Mark wegen ruhestörenden Lärms auf die Anzeige der Nachbarn bei der Polizei hin.

So kam der Tag vor dem Gastspiel. Sie war unruhiger und konfuser als je. Sie goß sich Tinte statt Rum in den Tee, bestrich den Toast aus Versehen nicht mit Butter, sondern aus der Gesichtscremebüchse. Dabei sang sie Passagen aus der Brünhilde, daß die Hunde in der Nachbarschaft heulten.

Sie mußte um sieben Uhr spätestens in der Oper in der Residenzstadt sein. Es bedurfte einer halbstündigen Straßenbahnfahrt, um aus dem Villenvorort zum Bahnhof zu kommen. Die Diva war nach einer schlaflosen Nacht schon um fünf Uhr in der Früh auf den Beinen und lief hastig in ihrer Wohnung auf und ab. Sie versuchte die Stimme. Erst nach dem Verschlucken von zehn rohen Eiern und fünf Schachteln Caruso-Pillen gelang ihr Meisterstück, auf dem dreigestrichenen f zu trillern und das viergestrichene c zu singen. Sie beschämte mit dieser Höhe die italienische Sängerin Lucrezia Agujari und den Eiffelturm. Die Nachbarn waren der Ansicht, der Foxterrier wäre mit dem Schwanz zwischen die Tür gekommen.

Halb vier schlug es am Nachmittag, als Julie Briendöpke köstlich frisiert und poliert, prangend im neuen Staat zur Haltestelle lief. Plötzlich zuckte ihr eine furchtbare Erkenntnis durch das Hirn. Sie hatte ihre Partie und die Tasche mit der Börse vergessen. Ohne Besinnung machte sie kehrt.

In Telemachsprüngen stürzte sie nach Hause. Mit schiefer Frisur kehrte sie zur Haltestelle zurück. Himmeldonnerkiel! Der Wagen war abgefahren. Seine Rückseite grinste die Ärmste aus der Ferne höhnisch an. Wetterleuchten eines Weinkrampfes zeigte sich auf ihren Zügen. Dabei begann es zu regnen. Sie war ohne Schirm. Den Pleureusen auf dem Hut war der Regen wenig nützlich, sie wuchsen nicht davon wie Blumen. Wirklich, ein böses Geschick wirkte gegen die Diva. Sie kauerte sich an ein Straßenbäumchen. Mit der nächsten Bahn würde sie um halb acht in die Residenzstadt kommen. Wenn sie sich sputete, würde noch alles werden. Aber ihr Optimismus stand auf schwachen Beinen.

Der nächste Wagen kam. Jäh, das linke Schienbein anstoßend, stieg Julie Briendöpke ein. Sie atmete ein wenig auf. Aber eine nervöse Angst vor neuem Mißgeschick quälte sie. Sie zupfte sich mit zitternden Händen die derangierte Frisur und die Toilette zurecht.

Zehn Minuten mochte man gefahren sein.

Päng klirr! Ein Ziegelstein flog plötzlich klirrend in ein Fenster, daß die Scherben nur so flogen. Er riß einem Gendarmen den Helm vom Kopf und prallte am Busen einer äußerst korpulenten Milchfrau, ohne ihr Schaden zu tun, ab. Ein zweiter Ziegelstein traf in einen Korb mit Eiern, den ein altes Bäuerlein auf dem Schoße hielt. Es war wie die Explosion einer Granate. Nach allen Seiten spritzten die geplatzten Eier. Niemand im Wagen wurde verschont.

Julie Briendöpke hatte einen Dotter im Auge und einen Nervenschock. Ein alter Herr war glänzend mit Eiweiß überzogen, welchen Stoff er sowieso schon selbst in hohem Prozentsatz produzierte. Der Gendarm sah aus wie Rührei mit Schinken, was ihn aber nicht hinderte, sofort heldenmütig seine Pistole und sein Seitengewehr zu ziehen.

Wüste Trunkenbolde, die keine Autos und Bankguthaben hatten, warfen haßerfüllt diese Ziegelsteine. Der Waffenübermacht des Gendarmen gelang es, die Revolution niederzuschlagen. Vor allem wurden die Augenzeugen notiert.

Julie Briendöpke war dem Wahnsinn nahe. Aber, Gott sei Dank, der Wagen fuhr wenigstens mit beschleunigtem Eiltempo weiter. Vielleicht, vielleicht gelang es noch! Sie flehte inbrünstig zu allen guten Geistern.

Ein Ruck! Plötzlich, in voller Fahrt, stoppte der Wagen! Die Insassen schlugen mit den Köpfen zusammen, mit holzigem Klang, wie wenn man Kegelkugeln aneinander schlägt. Ein neues Unheil!

Über den Schienen lag ein totes Pferd!

Entsetzt richteten sich aller Blicke auf dieses schauerliche Hindernis. Einsam lag diese Tierleiche an dem Eingang der grauen Vorstadtstraße. Nur wenige Gassenbuben standen staunend dabei. Ein kleiner Pausback schlug das tote Pferd mit einer Kinderpeitsche. Der Schaffner stieg aus und beschloß, nachdem er mit prüfender, sachverständiger Miene den Kadaver lange beschaut hatte, das Pferd sei tot. Die Feuerwehr müsse kommen. Vorher schrieb er alle auf als Zeugen.

Julie Briendöpke starrte stier, völlig fassungslos auf dieses tote Pferd. Mit dem gellenden Schrei: »Ein Königreich für kein totes Pferd!« sprang sie auf, stürzte aus dem Unglücksvehikel und raste in sinnloser Hast in irgendeiner Richtung, wo sie den Bahnhof vermutete.

Das tote Pferd stand ihr grauenhaft quälend fortgesetzt vor Augen. Verfolgte sie nicht diese furchtbare Vision? Es war grausige Wahrheit. Hufschläge folgten ihr, näher und näher hörte sie hinter sich das Klappern dieser toten Hufe auf dem Pflaster, das Schnaufen aus den welken Nüstern.

Die letzte Hoffnung. Sie sah den Bahnhof vor sich. In wahnwitzigen Sätzen querte sie den Vorplatz. Sie spürte schon den giftigen Atem des toten Pferdes im Nacken. Sie stürzte ohne Billett durch die Sperre, in den bereitstehenden und schon abgerufenen Zug, das Keuchen und Klappern des Pferdes hinter sich. Ein zwingendes Muß ließ sie beim Einspringen in ein Frauenabteil umschauen nach dem gräßlichen Verfolger. O Schrecken! – aus dem Pferde war ein unheimlicher, tiefschwarz gekleideter Mann von unbestimmtem Alter geworden, mit einer schwarzen Brille, durch die seine Augen sie wie glühendes Mineral mit grünen Blicken stachen. Er sprang mit mächtigem Satz in das nebenliegende Nichtraucherabteil.

Ermattet, aber befreit warf sie sich in die Polster. Hier konnte ihr nichts mehr geschehen. Ein Molekül von Hoffen ward ihr. Aber plötzlich fiel ihr Blick auf die unverriegelte Tür des Waschraums zwischen ihrem Abteil und dem Nichtraucherabteil. Ein Sprung, ein Schrei und den Riegel vorgeschoben!

Gleichzeitig ein Klopfen, ein Tasten am Griff von innen. Das Klopfen wurde stärker. Schwere Tritte und Stöße drohten die Tür zu sprengen. Eine Spalte entstand, die Tür würde weichen und sie dem gräßlichen Wüterich mit der Brille in die Hände fallen. Starren Blicks, wie gelähmt, hing sie an der Tür des Waschraums, der ihr Verderben barg. Was tun? Hinausspringen aus dem fahrenden Zug? Hals- und Beinbruch würden die Folge sein.

Ihr irr suchender Blick fiel plötzlich auf einen Hebel an der Wand. Notbremse! gellte es in ihr. Ihre Augen weiteten sich. Notbremse! Immer schwerere Tritte an der Tür, die im nächsten Augenblick zersplittern mußte. Blitzschnell flog ihr die Gewißheit durch die Seele, daß es etwas Schlimmes, Entsetzliches sei, von ewigem Fluch belastet, die Notbremse zu ziehen. Sie fürchtete dieses unverständliche Gesetz von Jugend auf. Ein Schreckbild dünkte ihr dieser geheimnisvolle Hebel. Lieber aber die furchtbare Folge der tollkühnen Berührung der Notbremse, als diesem grauenhaften Vampyr in die Fänge fallen und einen qualvollen Tod finden.

Von einer überirdischen, enormen Energie gepackt, warf sie den Hebel herum. Ein jäher Ruck, und der Zug hielt. Ein Weinkrampf befiel sie.

Ihr Geschrei wies sofort dem herbeistürzenden Zugführer und den zwei Schaffnern, wo der Bremser war. Sie rissen das Frauenabteil auf. »Ich habe die Notbremse gezogen! Der schwarze Mann, das tote Pferd! Helfen Sie mir!« schrie ihnen die Diva entgegen. Das Gepolter im Waschraum erweckte die schreckliche Vorstellung eines einstürzenden Wolkenkratzers. Der Zugführer zog mit der vorgehaltenen Pistole den Riegel von der Tür, auf alles gefaßt.

Julie Briendöpke vergrub ihren Kopf in den Polstern. Wie Peitschenhiebe drang plötzlich gellendes Gekeife auf sie ein. Eine weibliche Stimme war's. Die Diva schaute erschreckt auf. Eine elegante Dame, grün vor Wut, sprang auf sie los, packte sie ins Haar mit krallenden Fingern, daß die Nadeln und Kämme flogen. »Beschweren werde ich mich!« schrie sie wie eine Dampfpfeife und zerkratzte der Diva das Gesicht. In dieser erwachte ein entsetzlicher Haß. Um dieses Weibes willen zog sie die Notbremse? Mit der Wut eines Kannibalen warf sie sich auf ihre Feindin, riß ihr die Ärmel aus der Bluse und schlug ihr die Frisur herunter. »Und wegen so was zog ich die Notbremse, ich Blöde, mit tollkühnem Griff, der Furchtbares zur Folge hat!«

Die Eisenbahnbeamten versuchten die Streitenden zu trennen. In der Tür des Waschraumes erschien der schwarze Mann mit der Brille, der von dem Zugführer respektvoll gegrüßt wurde, es war ein Apotheker aus der Residenzstadt, ein harmloser Mensch. Mit sanfter Stimme erkundigte er sich, was passiert sei.

Die Exaltation der beiden hysterischen Frauen ging über in ein reumütiges Heulen. Sie fielen den Schaffnern an die Brust und weinten ihnen die Uniform naß. »Ich habe die Notbremse gezogen!« schrie schluchzend, von Tränen erstickt, die unglückliche Diva.

»Ja, das haben Sie getan, ich muß Sie an der nächsten Station vorführen«, kündigte in strengem, dienstlichem Beamtenton der Zugführer an. Er verließ mit den Schaffnern das Abteil, und der Zug setzte sich wieder in Bewegung.

Vorgeführt sollte sie werden? Himmel, das durfte nicht geschehen! Lieber die Flucht oder den Tod, wurde sich die Diva klar.

Plötzlich hielt der Zug wieder mit einem Ruck. Irre stierte Julie Briendöpke auf den Griff der Notbremse. Hatte sie wieder in ihrem Wahn unbewußt die Notbremse gezogen? Der Zug hielt auf freiem Felde vor einer Weiche. Raus! Fort! Und schon schwang sie sich aus dem Coupé. »Ich Unglückliche habe die Notbremse gezogen! Was kümmert mich Brünhilde, was kümmert mich mein Gastspiel? Fort, nur fort! Ich habe die Notbremse gezogen!« schrie sie fortgesetzt. Zur fixen Idee war ihr das schreckliche Tun geworden. Fremde Leute, die ihr begegneten, wandten sich erschreckt zur Seite, schüttelten den Kopf und machten sich schleunigst aus dem Staube.

»Notbremse gezogen, Notbremse, was heißt das?« murmelten andere verstört vor sich hin und schauten der flüchtigen Diva nach. Die Diva sprang sinnlos in eine elektrische Bahn, die ihren Weg kreuzte. Neben ihr saß ein altes Mütterchen mit einem Kapotthut und gütigen, wohlwollenden, blauen Augen, die würde Verständnis für ihr Unglück haben. Laut schluchzend wandte sie sich an die Nachbarin: »Denken Sie, meine Gute, ich habe die Notbremse gezogen; ich bin verloren.«

Erschreckt schaute die alte Frau auf, verließ so behende, wie ihre Gicht es ihr erlaubte, den Platz neben der Diva und setzte sich in die äußerste Ecke des Wagens. Die Diva folgte ihr in ihrer zwingenden

Hysterie, sich von dem drückenden Alp zu befreien, dorthin: »Haben Sie Erbarmen, ich habe die Notbremse gezogen.«

Die alte Frau rief hilfeflehend nach dem Schaffner, zu halten und sie aussteigen zu lassen. »Ich habe nie die Notbremse gezogen«, jammerte beteuernd das alte Mütterchen. Sie zeigte mit der bedeutungsvollen Geste nach der Stirn, auf die Diva weisend.

Julie Briendöpke verfiel völlig der furchtbaren fixen Idee der eingeschalteten Notbremse. Unentwegt, in grausamer Beharrlichkeit, murmelte sie: »Ich habe die Notbremse gezogen.« In seltenen lichten Momenten versuchte sie unbewußt, das dreigestrichene f zu trillern und das viergestrichene c zu singen. Aber gewöhnlich sah man sie in dem Garten des großen, grauen, vielfenstrigen Hauses, in dem sie untergebracht worden, gebeugt dahinschreiten, fortgesetzt schuldbewußt vor sich hin sagend: »Ich habe die Notbremse gezogen!«

Umzug

In der Salvatorstraße 72 wohnte auf der ersten Etage der Rentner Bertram Pullcke mit Frau und Dackel, auf der zweiten Etage die Witwe Murmel mit den Töchtern Betty, Meta, Paula und Hulda und einem Grammophon. Die dritte Etage bevölkerte der Nähmaschinenagent Kaspar Bötel mit zwölf Kindern. Seine Frau betrieb eine Leinwandmangel, massierte und sagte aus der Hand und dem Kaffeesatz wahr. Als möblierter Herr vegetierte bei Bötels Herr Rupprecht Buschhüter, der Berufsathlet war. Der Hauswirt Jakobus Kraus wohnte im Unterhaus. Er war Witwer und stocktaub und liebte den Kümmel. Er kümmerte sich wenig um sein Haus und seine Mieter. Nur am Ersten war er unerbittlich prompt zur Stelle. Wehe denen, die die Miete nicht abgezählt bereit hielten!

In einem solchen Mietshause, bei so verschiedenartigen Elementen sind Stänkereien unvermeidlich und eine tägliche Erscheinung. Aus der gemeinsamen, abwechselnden Benutzung der Bleiche, der Waschküche und des Trockenspeichers erwachsen zum Beispiel trotz der festgelegten Hausordnung die schlimmsten Differenzen zwischen den Mietern. Ein ungewöhnlicher Haß entwickelt sich, der sich in raffinierten Schikanen Luft macht. Pullckes bildeten sich ein, da sie von ihren

Renten lebten, im Hause die erste Flöte spielen zu können und sich nicht im geringsten um die Hausordnung zu kümmern zu brauchen.

Jede Partei hatte ihre bestimmten Tage für die Wäsche. Pullckes kam es nun gar nicht darauf an, auch an anderen Tagen als den ihnen gebührenden die Waschküche, Bleiche usw. für sich in Anspruch zu nehmen. Das führte zu erbitterten Kämpfen. Schon aufgehängte Wäschestücke der Gegenpartei wurden brutal von den Latten gerissen, in Ballen schonungslos in die schmutzigen Speicherecken geworfen, um der eigenen Wäsche Platz zu machen. Man schlug sich gegenseitig nasse Kissenüberzüge um die Ohren. Lag die Wäsche von Murmels an einem Pullckes nicht genehmen Tag auf der Bleiche, so ließen Pullckes ihren Dackel in den Garten. In lustiger Dackelart tollte er auf der Bleiche, zauste die Dessous der Töchter Murmel und stempelte mit schmutzigen Pfoten die weißen Betttücher. Murmels warfen mit Briketts und leeren Flaschen nach dem unartigen Hund. Oder wenn sie ihn zu packen bekamen, stülpten sie einen Waschkorb über ihn, klemmten ihm den Schwanz ein, wickelten Papier um den Schwanz, steckten es an und ließen ihn laufen. Das furchtbare Gejunkse dieses Hundelieblings ließ Pullckes an die Fenster eilen. »Tierquälerei, gemeines Pack!« schrie das Rentnerpaar und lief zur Polizei. Oft bekamen Pullckes recht, da der Kommissar mit Herrn Pullcke Skat spielte.

Bötels auf der dritten Etage waren im ganzen Hause verhaßt, der zwölf Kinder wegen, die den ganzen Tag im Hause herumrumorten und dumme Streiche machten. Das ordinäre Gekeif der Frau Bötel, das Quietschen der Mangelmaschine, das fortgesetzte Gebumse, wenn der Athlet Buschhüter mit seinen schweren Eisengewichten und Hanteln übte, ließ das Mißfallen der übrigen Hausbewohner gegen diese ruhestörende, schreckliche Familie in das Ungemessene wachsen. Dann waren diese Leute von einer neapolitanischen Unsauberkeit. Nie wurde geputzt, und wenn Bötels wuschen, ließen sie die Kübel und Bütten mit der schmutzigen, gärenden Brühe, nachdem sie ihre verdächtige Wäsche in der Farbe von Mumientüchern durch Eintunken notdürftig gereinigt hatten, vergnüglich und selbstverständlich für die nachfolgende Partei stehen.

Der Kriegszustand im Hause Salvatorstraße 72 währte nun bereits fünf Monate und verschlimmerte sich von Tag zu Tag. Denn alle Beschwerden beim Hauswirt Kraus hatten nicht den geringsten Erfolg.

Kraus war taub und fast immer bezecht. Er grunzte die erregten Mieter an und goß sich einen Kümmel hinter die Binde.

Rentner Pullcke war dem Irrsinn nahe. Tagsüber die Lausbübereien von Bötels Gören, die seinem Dackel Kordel zu fressen gaben, die ihm morgens tote Mäuse in den Brötchensack steckten und noch tausend andere Teufeleien antaten, dann bis spät in die Nacht hinein der kreischende Gesang der vier Schwestern Murmel, die sich ausbildeten und, wenn sie ausgeschrien waren, das Grammophon spielen ließen. Er war sich eines Tages klar, daß er bei diesem Leben bald mit einem plötzlichen Herzschlag oder mit einem Wahnsinnsanfall sein Rentnerdasein beschließen würde.

Raus aus dieser Hölle, das war die einzige Rettung! Pullcke kündigte die Wohnung auf den ersten April durch einen Einschreibebrief. Am gleichen Tage bekamen Murmels eine Depesche vom Lotteriekollekteur Ehrlich, daß sie in der Bunzlauer Dombaulotterie 5000 Mark gewonnen hätten.

Hauswirt Kraus nahm Pullckes Kündigung in stoischer Kümmelruhe entgegen, er hatte die erste Etage soeben zu einem guten Preis an Frau Murmel vermietet, die durch den Gewinn größenwahnsinnig geworden war und bei Gott nicht mehr auf einer poveren zweiten Etage wohnen wollte. Frau Murmel machte die Bedingung, daß »der Bagasch« von der dritten Etage gekündigt würde. Aber das tat der Hauswirt Kraus um so lieber, als er bereits die letzten Monate die Miete bei Bötels hatte pfänden lassen müssen. Auf ein Inserat, das er mit Hilfe des Milchmanns und des Briefträgers mit schwerer Mühe verfaßte und also lautete: »Zweite und dritte Etage in ruhigem Hause zu vermieten, Salvatorstraße 72, Hauswirt Kraus«, meldeten sich für die zweite Etage ein Oberlehrer namens Küllekopp mit Familie und für die dritte Etage die Hebamme Treske mit ihrem Mann, der Klavierstimmer war.

Großer Umzug! Großer Auszug! Großer Einzug! Die Möbeltransportgesellschaft »Rapid« übernahm den Transport für alle in Frage kommenden Parteien.

Am 1. April um sechs Uhr in der Frühe wurden die Anwohner der Salvatorstraße und des ganzen Viertels plötzlich aus dem Morgenschlafe herausgerissen. Ein schweres Stampfen ließ die Scheiben erklirren und lose Gegenstände, selbst größere Möbelstücke kleine Hupser machen. Babys flogen, hoppla, aus den Wiegen. Es war wie ein Erdbeben.

Die Transportgesellschaft »Rapid« war die einzige Firma dieser Branche in Europa, die Motormenschen nach dem Patent des weltberühmten Professors C. W. U. A. Irishstew beschäftigte. Diese Motormenschen wurden wie Maschinen von einem fremden Willen in Bewegung gesetzt; sie wurden eingeschaltet wie diese. Sie bildeten eine Stufe zwischen Mensch und Maschine. In ihrer Konstruktion dominierte das Viereck, es bildete die Basis, kehrte motivgleich wieder in ihrem Aufbau und gab ihnen mit seiner Verstrebung streng technischen Charakter. So waren ihre Köpfe, ihre Augen und ihr Mund durchgängig viereckig. Der Oberkörper war ein gewaltiges Rechteck. Die Hände, welche Graubrote in der geschlossenen Faust zu verbergen vermochten, waren enorme Quadrate, desgleichen die Füße, die wie Bleiplatten wirkten und sie wie eine Gußeisensäule aufrecht stehen ließen, Stehaufmännchen ähnlich, mit denen der Knabe spielt. Diese Motormenschen der Gesellschaft »Rapid« waren naturgemäß wortkarg. Drei Worte bildeten ihren Wortschatz: »Einen Hupp« und »Schabau!«

Zwanzig Männer von der Möbeltransportgesellschaft »Rapid«, gefolgt von zwei gewaltigen Möbelwagen, an kolossale Mammute aus dem Jung-Tertiär erinnernd, zogen mit schweren Schritten in die Salvatorstraße. Das kraftvolle Aufklatschen der vierzig viereckigen Füße der Möbeltransporteure sprengte das Pflaster, so daß die Straße wie ein zerrissenes Geröllfeld erschien.

Vor dem Hause 72 wurde ruckweise Halt gemacht. Die Männer bewegten sich mit einer Regelmäßigkeit, die schon fast mathematische Exaktheit war, wie von einer einheitlichen motorischen Kraft getrieben.

Erst mußte ihr Räderwerk geschmiert werden! Rauh und metallisch klang einstimmig der Ruf in den Morgen: »Schabau!!« Eine große Flasche Fusel ging rund bei den zwanzig Männern.

Der Agent der Transportgesellschaft gab, als er die Umzüge bei den verschiedenen Parteien aufnahm, die felsenfeste Zusicherung, daß alles aufs beste erledigt werde, daß der Auftraggeber sich um nichts zu kümmern brauche und am Abend des Umzuges seine neue Wohnung fix und fertig eingerichtet finden werde, das Abendessen auf dem Tisch, als Aufmerksamkeit seiner Firma. Auch sei es nicht notwendig, die Schränke und Kommoden oder Schösser zu räumen oder zerbrechliche Sachen einzupacken, es könne ruhig alles in den Schränken bleiben. Dafür garantiere seine Gesellschaft. Er könne Referenzen vorlegen. Er hatte sie aber im Bureau vergessen, und man glaubte seinen treuen Augen. Die neuen Mieter und auch Frau Murmel und ihre Töchter verließen sich auf die Versprechungen des Agenten und hielten sich den ganzen Tag von dem Umzug fern. Nur Rentner Pullcke und Frau blieben in ihrer alten Wohnung zurück. Wenn sie auch volles Vertrauen in die renommierte Gesellschaft »Rapid« hatten, so wollten sie doch wenigstens bei dem Umzug dabei sein. Bötels hatten sich in der Nacht heimlich gedrückt, ohne die rückständige Miete und die Reparaturkosten für eingeschlagene Fenster, abgerissene Tapeten, eingetretene Türen und andere Zerstörungen in der Wohnung, auf welche sie eingeklagt waren, zu bezahlen. Den Athlet Buschhüter ließen sie in seinem Verschlag ruhig in die Wirrnisse des Umzugtages hineinschlafen.

Folgendes war also zu bewerkstelligen: Erste Etage: Pullckes zogen aus. Zweite Etage: Murmels zogen auf die erste Etage. Die Wohnung Bötels auf der dritten Etage war zu leeren. Küllekopps und Treskes, die neuen Mieter, zogen in die frei gewordenen Etagen, die zweite und dritte.

Das war der klare und logische Feldzugsplan, auf den die Möbeltransporteure eingestellt waren. Auf vier Kolonnen mit je fünf Mann war die Gesamtarbeit verteilt. Kolonne 1 hatte Pullckes Möbel aus der ersten Etage auf die Straße zu schaffen, Kolonne 2 den Umzug des Murmelschen Hausrats von der zweiten Etage in die erste Etage zu bewirken. Kolonne 3 war geschaltet, den Möbelwagen mit Küllekopps Mobiliar auszupacken und die Möbel aud die zweite Etage zu transportieren, Kolonne 4 den Möbelwagen von Treskes zu leeren und deren Sachen in die dritte Etage zu schaffen.

Das Auspacken der beiden Möbelwagen durch Kolonne 3 und 4 geschah ohne Hast, mit einer gewissen Brutalität gefühlloser Mechanik. Manches abgebrochene Stuhlbein oder Tischbein, eingedrückte Schränke, zersprungene Spiegel, verkratzte Polituren und sonstige Schäden waren das Resultat dieses Systems.

Das Nußbaumbüfett, das Prachtmöbel der Pullckeschen Einrichtung, verließ als erstes Stück die Wohnung. Man hatte gutgläubig alles Porzellan und Kristall im Büfett gelassen, im Vertrauen auf den Agenten mit den treuen Augen. Das Büfett mußte schräg transportiert werden, weil es sich auf der Treppe sperrte. Der zerbrechliche Inhalt rutschte mit dumpfem Geklirr, dem Gesetz der Schwere folgend, bei diesen fortgesetzten schiefen Lagen des Büfetts hin und her. Öfters machte es innen: klingpäng.

Das Ehepaar Pullcke stand am Fuß der Treppe zur Begrüßung seines Büfetts nach dem schwierigen Abstieg. Frau Pullcke hielt in der rechten Hand mit krampfig ausgespannten Fingern ein Fischglas mit zwei Goldfischen, einigen Ameiseneiern und einer Blechente und im linken Arm eine Gipsstatue des Trompeters von Säckingen, dem sie soeben beim Heruntergehen am Treppenpfeiler die Trompete aus dem Mund gestoßen hatte. Eine Träne lief ihr über die Wange. Das war ein schlechtes Vorzeichen; sie hatte einst diese Figur als Brautgeschenk von ihrem Bertram bekommen. Herr Pullcke hielt den Dackel im Arm. Das waren geliebte Gegenstände, die sie fremden Leuten nie anvertraut haben würden und unbedingt selbst tragen mußten.

Der Transport des Büfetts ging gut bis zum letzten Treppenabsatz, nur an zwei Stellen war das Treppengeländer eingedrückt worden. So, jetzt um die Ecke zur letzten Treppe! »Einen Hupp!« riefen die Transportmänner, und schon entglitt das Büfett ihren schwitzigen Quadratklammerfäusten und hupste, sich überschlagend, mit dem Lärm eines Hauseinsturzes und einer Janitscharenmusik allein die Treppe hinunter und bedeckte wie eine Lawine das unglückliche Ehepaar Pullcke. Krachen von Brustkörben, Klirren von Gips und Gläsernem. Nur die beiderseits in Zugstiefeln steckenden vier Füße schauten unbeschädigt unter dem Büfett her. Der Dackel war drei Meter länger geworden. Pullckes waren platt wie Spekulatiusfiguren und mausetot. Die Männer stellten das Büfett auf und rollten das platte Ehepaar wie Mäntel zusammen und legten es in ein Schoß des Büfetts. Sie trugen das Prunkstück der Verunglückten auf die Straße und stellten es zwischen die ausgepackten Möbel der Neueinziehenden, dann begaben sie sich wieder mit motorisch eingestellter Bewegung auf die erste Etage, um den Auszug Pullckes fortzusetzen. Kolonne 2 brachte ihrer Schaltung entsprechend die Möbel aus Murmels Wohnung und stellte sie in der ersten Etage auf. Ein langes, mit Rosen geblümtes Sofa stand wildfremd neben einem grünen Plüschsessel von Pullckes selig. Küllekopps und Treskes Möbelwagen waren endlich ausgepackt. Die Möbel standen im wirren Durcheinander auf der Straße und versperrten den Fahrdamm. 248 Wagen, 700 Autos, zwei Droschken, 798 Radfahrer und eine tausendköpfige Menge stauten sich vor dem Hindernis. Fremde Leute besahen sich wohl die Möbel und nahmen leicht Transportierbares mit. Straßenkinder schaukelten sich in den unter den Möbelwagen angebrachten Hängekasten, kletterten auf den Möbeln herum und zogen die Schösser aus den Kommoden. Hunde benutzten die Ecken des Klaviers von Küllekopps.

Kolonne 3 und 4 begannen die Möbel der beiden neuen Mieter ins Haus zu tragen, die von Küllekopps auf die zweite Etage, die von Treskes auf die von Bötels verlassene dritte Etage. Kolonne 4 fand hier nur etliches unbrauchbares Gerümpel. Athlet Buschhüter, den die Männer aus seinem Bett aufscheuchten, machte keine Anstalten, die Wohnung zu verlassen, wurde vielmehr renitent und griff zu einem Gewicht von 1000 Kilogramm, um damit zu werfen. Mit der unerschütterlichen Konsequenz ihrer maschinellen festen Struktur packten die Männer der Kolonne 4 mit der Kraft einer 20 000 H.P.-Klemme den Athleten und transportierten ihn wie ein Klavier die Treppe hinunter. Vorher schlugen sie ihm mit einem schweren Hammer auf den Kopf.

Der Auszug und Einzug und Umzug war in vollem Gange. Diese allgemeine Möbelbewegung hatte etwas Irres. Ohne Unterschied schleppte Kolonne 1 in dem immer mehr sich steigernden Paroxismus ihrer mechanischen Funktion sowohl Pullckes wie auch die bereits in die erste Etage geschafften Möbel von Frau Murmel auf die Straße. Kolonne 3 und 4 trugen planlos aus dem Möbeldurcheinander auf der Straße, an dem alle Parteien beteiligt waren, mit dem starren, unerschütterlichen Trieb der Maschine irgendwelche Stücke in die von Küllekopps und Treskes gemieteten Etagen. In der zweiten Etage räumte wiederum mit einer ausgeprägten Gewissenhaftigkeit Kolonne 2, die Murmels umzog, gleichzeitig wildfremde Möbel mit aus, die von der Straße für Küllekopps heraufgetragen worden waren.

Wie von einer in Bewegung gekommenen, unaufhaltsam wirkenden Kraft schienen diese 20 Männer von der Transportgesellschaft »Rapid« ergriffen. Ein Perpetuum mobile schien sich in ihrem Mechanismus entwickelt zu haben. In hoffnungslosem Kreislauf trugen zehn der Männer die Möbel auf die Straße, um von den andern zehn Männern wieder in die verschiedenen Etagen planlos und ohne Ordnung hingestellt zu werden. Immer sah man das geblümte Murmelsche Sofa und das Pullckesche Büfett wiederkehren.

Es war zwei Uhr nachts geworden, bis die neuen Mieter und Familie Murmel das Haus Salvatorstraße 72 erreichten. Es war fast unmöglich, durch die ungeheure Menschenmenge und die Ansammlung der

Fahrzeuge, die noch immer die Straße füllten, durchzudringen. Sie waren stutzig geworden, es packte sie eine stille Vorahnung von nichts Gutem. Würde man wohl mit Sicherheit in der behaglich eingerichteten neuen Wohnung das zugesagte Abendbrot und die garantierte Behaglichkeit finden? Es sah nicht danach aus. In wachsender Angst schauten die Mieter diesem seltsamen, nutzlosen Treiben der zwanzig Männer zu. Was ging hier vor? War es ein Spuk? Stöhnende Fragen, entsetzte Zurufe prallten ungehört an der ehernen Indolenz der Möbeltransporteure ab. Unerbittlich wie das Schicksal setzten sie ihr Tun fort. Soeben war wieder Murmels Sofa in der Haustür erschienen, die Rosen des Überzuges hatten im Mondlicht eine fahle Farbe. Mit gellem Geschrei fielen Mutter Murmel und ihre Töchter über ihr Sofa her und liebkosten es wie einen lieben Freund. Es stellte für sie in dieser verlassenen Lage die Quintessenz trauten Heimes dar. Oberlehrer Küllekopp versuchte in einer langen, mehrere Stunden dauernden Rede in gutem Deutsch, die er zur besseren Übersicht in verschiedene Abschnitte, mit a, b, c, d, e, f, g und weiteren Buchstaben, mit römischen Zahlen und arabischen Ziffern bezeichnet, einteilte, den zwanzig ungehemmten Männern das Unlogische ihres Tuns klar zu machen. Aber vor dieser unheimlichen Unerschütterlichkeit wurde er heiser, resignierte er schließlich völlig ermattet. Er kletterte mit seiner Familie auf sein Klavier, wobei er mit den Füßen auf die Tastatur geriet und zwei Mollakkorde anschlug. Herr Treske war in einer Sitzbadewanne eingeschlafen. Seine Frau ging ihrem Beruf nach.

Als am Morgen die Mieter erwachten und geneigt waren, zu glauben, daß alles ein böser Traum gewesen sei, sich die Augen rieben, mußten sie zu ihrem Entsetzen gewahren, daß das Verhängnis weiter seinen schrecklichen Lauf nahm. Eine Starre kam über die Unglücklichen, eine Lähmung, die alle Energie, jedes Denken unterband. Wie eine unabänderliche kosmische Manifestation erschien ihnen diese Katastrophe, gegen die jedes Aufbäumen zwecklos und jeder Versuch einer Hemmung ein irrsinniges Beginnen war. Wie gescheuchte Fledermäuse verbargen sie sich zusammengekauert in einem der Möbelwagen.

Tage, Wochen vergingen, und immer noch trugen mit unerschütterlicher Ewigkeitsgebärde die zwanzig Motormänner der Transportgesellschaft »Rapid« die Möbel rein und raus. Der Hauswirt Kraus, der ahnungslos über das, was in seinem Hause vorging, seine Tage in dumpfem Kümmelrausch verbrachte und erst am ersten Mai zur Einkassierung der Mieten aus seiner Parterrehöhle hervorkroch, verfiel sofort angesichts der erdrückenden Tatsache des schrecklichen, beharrlichen Tuns der zwanzig Männer in die gleiche Starre wie seine Mieter draußen. Er kroch mühsam auf die Straße und zu den Unglücklichen in den Möbelwagen. Die gleiche Resignation befiel ihn wie diese Leidensgenossen.

Auch sein Mobiliar entging der Transportwut der Männer nicht. Seine Möbel gerieten ebenfalls in den schauerlichen Kreislauf.

Der Sommer verging, der Herbst kam, und in einer Nacht fiel der Schnee und zeigte den Winter an. Schwarz wuchsen die beiden Möbelwagen in der beschneiten Straße auf. Die Möbel waren mit Schnee bedeckt. Unerschütterlich, wie unter einem höllischen Fluche, wanderten die Möbel treppauf, treppab, rein und raus, raus und rein.

In einer Nacht, als das Thermometer 20 Grad Kälte zeigte, erfroren die armen Mieter und der Hauswirt Kraus in dem ungeheizten Möbelwagen.

Am nächsten Tag kam eine Botschaft durch einen roten Radler au die zwanzig Transportmänner, daß die Möbeltransportarbeiter in den Streik getreten seien. Sofort stockte die Tätigkeit der Zwanzig, jeder ließ das Möbelstück, das er gerade transportierte, fallen, und im Zuge marschierten sie zusammen, je fünf in einer Reihe, mit klatschenden, das Pflaster aufwühlenden Schritten zum Streikbureau.

Die Möbel stehen jetzt noch auf der Salvatorstraße.

Das neue Auto

»Was der kann, kann ich auch«, sagte der schwerreiche Brauereibesitzer Emil Kiste selbstbewußt, als er hörte, daß sich sein Nachbar, der Konsul Edgar von Wirsing, ein prächtiges Luxusauto mit einer Leistung von 100 P.S. angeschafft hatte.

Er, Emil Kiste, sollte sich von diesem Wirsing übertrumpfen lassen?

Der Konsul war ihm ein Dorn im Auge. Aber bisher war es ihm immer gelungen, dem eingebildeten, hochmütigen Menschen zu zeigen, wer man war.

Der Konsul legte in seinem Garten eine Hühnerzucht an; Emil Kiste folgte sofort mit einer Paradiesvogelfarm. Bei Wirsings wurden eines Tages die Lanzenspitzen des Vorgartengitters vergoldet; Herr Kiste ließ sofort das ganze Vorgartengitter vergolden. Kistes bestrebten sich, ihre Nachbarn mit dem vornehmen Namen in allem unbedingt zu überbieten. Als Frau Konsul ein Baby bekam, folgte ihr Frau Kiste schleunigst mit Drillingen.

Jetzt hieß es ein Auto beschaffen, welches das neue Luxusauto von Wirsing weit in den Schatten stellte und alle Autos, die je gebaut wurden, als alte Karren erscheinen ließ.

Er wandte sich an die renommiertesten Automobilfabriken des In- und Auslandes. Er war enttäuscht, denn alle Wagen, die ihm von diesen Firmen angeboten wurden, übertrafen in keiner Weise das Auto des Konsuls von Wirsing. Es wurmte ihn schwer, daß er in diesem Falle seinen Nachbar nicht übertrumpfen sollte.

Indes der Zufall wollte, daß eines Tages ein Herr, der mit englischem Akzent deutsch sprach, sich bei Emil Kiste als Mister John C. Blotting-Paper aus Amerika vorstellte: »Oauh, Mister Kiste, Sie wollen kaufen eine Auto, wie niemand bisher hat. Well, you see. Ich bin the inventor – das uill heißen – Erfinder auf eine ganz neue Autotyp, das Gigantic Mammoth Auto. Well, you see – ich bin der representative – das uill heißen – Vertreter der Gigantic Mammoth Auto Co. Ltd. Meine Autos haben eine Leistung von 2000 P. S. mit 50 Zylinder.«

Das ist mein Mann, schoß es Emil Kiste durch den Kopf.

2000 P. S. gegen die 100 P. S. des Wirsingschen Autos! Er wuchs empor im Bewußtsein, daß er auch dieses Mal wieder diesen ekelhaften Konsul auf das entschiedenste übertrumpfen würde. Unklar war ihm aber, was es mit diesen vielen Zylindern für eine Bewandtnis hatte.

»Well, wir machen eine velocity – uill heißen – eine Höchstgeschwindigkeit von 2000 Kilometern in der Stunde, wo die anderen Autos, die alte Autos, sich mit nur 120 Kilometern in der Stunde hinschleppen. – Oauh, wir bringen something quite new – uill heißen – eine neue Sensation. Mammoth-Auto kann Farbe wechseln wie Chamäleon und sich einstellen auf die Nüancen der Toiletten der Ladys in die Wagen. Dieses Wunderauto hat 40 Räder mit Pneumatiks, so dick, daß drei Männer sie nicht umfassen kann, wie eine berühmte Baum in Kalifornien. Well, you see, Mister Kiste, Sie werden eine einzige Auto haben in die ganze World. Mammoth-Auto braucht kein Benzin. Aus eine Wunderextrakt, mit der Trade Marke »Semper idem«, eine absolute Sekret, – uill sagen – Geheimnis der Gigantic Mammoth Auto Co. Ltd., eine Extrakt, der sich immerfort aus sich selbst erneuert, never – uill sagen – niemals alle wird und eine ungeheuere Kraft entwickelt und die Motoren zu dieser höchsten Leistungsfähigkeit der Mammoth-Automobile bringt. Well, you see, Mister Kiste, Sie uerden eine Weltrekord machen mit unsere Autotyp. Zwar eine äußerst komplizierte Maschinerie. Sehr kompliziert, bei jedes Stück Auto werden bei der Konstrukschen regelmäßig 20 Ingenieure und 100 Monteure irrsinnig. You see, the prize von diese Gigantic Mammoth Auto beträgt 300 000 Dollars, ohne Skontoabzug, Scheck auf New-York. Sagen Sie all right!«

Kiste sagte: »all right«. Was lag ihm an einem Milliönchen und mehr für diesen endgültigen Triumph über den unsäglichen Protz von Wirsing.

Mister John Blotting-Paper gab telegraphische Weisung nach Hamburg, wo in einer leeren Luftschiffhalle das von Amerika mitgebrachte Mammoth-Auto eingestellt war. In siebenundzwanzig Minuten brauste schon das Gigantic Mammoth Auto, Häuser erzittern machend, heran und hielt vor Kistes Palast.

Mister John C. Blotting-Paper hatte nicht zu viel behauptet. Diese Maschine war in der Tat eine absolute Offenbarung des letzten Aufschwungs der Technik ins Gigantische, wo die Grenze des Irrsinns beginnt. Mister John C. Blotting-Paper sagte: »Mister Kiste, you understand – uill heißen – Sie verstehn? Ich werde Ihnen das Auto und seine Handhabe erklären, zu Ihrer Richtschnur, damit Sie können lernen den Zweck der Maschinerie.«

Diese Erklärung währte acht Stunden. Emil Kiste wußte danach gerade so viel als vorher.

Von dem achtstündigen Geschwätz stark heiser, spuckte Mister John C. Blotting-Paper ein verkautes Stück Sen Sen-Gummi aus und sagte: »Oauh, Mister Kiste, haben Sie understand – uill heißen – verstanden meine Explikation?« Kiste wollte sich nicht blamieren und sagte: »Jähs!«

Dann überreichte ihm Mr. Blotting-Paper zwei Broschüren, eine mit der Aufschrift »Was muß der Mammoth-Auto-Fahrer wissen?« und eine zweite: »Wie bricht der Mammoth-Auto-Fahrer nicht den Hals?«

Der amerikanische Chauffeur, der das Auto von Hamburg gebracht, war in den Preis einbegriffen.

Nie hatte Emil Kiste vor etwas so viel Respekt gehabt, wie vor diesem neuen Mammoth-Auto. Wenn ihm auch alte Grundsätze aus seiner

Brauburschenzeit wie: »Die Axt im Hause ersetzt den Zimmermann!« – »Selbst ist der Mann!« aufstießen, so war er doch im stillen froh über den amerikanischen Chauffeur. Zwar äußerte er sich so obenhin, daß er wohl auch allein mit dem Auto fertig würde. Mister John C. Blotting-Paper bekam seinen 300 000-Dollar-Scheck auf New-York, sagte: »Good by, Mister Kiste!« und reiste mit dem nächsten Ozeandampfer ab.

Emil Kiste war dem Chauffeur und dem unheimlichen Automobil hilflos überlassen.

Eine liebe Genugtuung war es ihm nur, als er hörte, daß der Konsul von Wirsing im Bett lag und höchstwahrscheinlich aus Wut über seine Niederlage krank geworden war.

Die erste Ausfahrt. Das ganze Hausgesinde war um das Auto versammelt. Neugierige hingen lebensgefährlich aus den Fenstern. Frau Kiste bestieg als erste in roter Robe das Auto, und allsogleich nahm das bisher gelbe Auto die Farbe ihrer Robe an, aber nur die rechte Hälfte des Autos reagierte auf rot, während die linke Hälfte, wo Herr Kiste in einem gelben Paletot Platz nahm, ihre gelbe Farbe behielt.

Diese erste Fahrt ging ohne erheblichen Zwischenfall vor sich. Man fuhr im Leichenzugtempo, im Schnelligkeitsminimum der Mammoth-Autos, 100 Kilometer in der Stunde, wie der Geschwindigkeitsmesser anzeigte. Waren protokollsüchtige Polizisten auf dem Wege, zog der Chauffeur die Staubpuste, wodurch das ganze Auto sofort in eine dichte Staubwolke eingehüllt wurde. Ein Erkennen des Wagens oder der Nummer war unmöglich.

Außer einem unvorsichtigen Dackel, der an einer Kurve in das Auto lief, brachte das Auto auf dieser ersten Fahrt weiter nichts zur Strecke.

Kiste saß bei den ferneren täglichen Ausfahrten immer neben dem Chauffeur, um das Geheimnis des Autofahrens zu ergründen. Auf einer Rekordfahrt mit der Maximalschnelligkeit, 2000 Kilometer, blieb das Auto plötzlich stehen. Die Signalsirene schrie gellend auf, das Auto drehte sich um sich selbst, sauste los wie ein Pfeil und hielt dann plötzlich mit einem scharfen Ruck. Emil Kiste und der Chauffeur flogen in hohem Bogen aus dem Auto. Dabei schrie die Sirene ein heiseres, furchtbares Lachen.

Der Chauffeur, kreideweiß, riß seinen Handwerkszeugkoffer unter dem Sitz hervor und kroch unter das Auto. Emil Kiste stand zitternd, mit offenem Mund dabei und stierte auf die unter dem Auto hervorgestreckten Füße des Chauffeurs. Eine halbe Stunde beschäftigte sich der Chauffeur unter dem Auto. Schweigend, mit einem krampfhaft verzerrten Zug im Gesicht, nahm er seinen Platz wieder ein. Emil Kiste babberten die Beine. Die Heimfahrt mit 1000 Kilometer Geschwindigkeit verlief glatt.

Der Schrecken über diesen seltsamen Vorfall steckte Emil Kiste noch lange in den Knochen. Als bei den weiteren Fahrten nichts Derartiges mehr passierte, beruhigte er sich. Der Chauffeur aber machte noch immer ein bedenkliches Gesicht. Jeden Tag kroch er mehrere Male unter das Auto und hantierte mit seinen Werkzeugen im Bauch des Autos.

Drei Monate besaß Kiste nun das Mammoth-Auto, und er hatte noch immer nicht die Courage, selbst zu fahren. Er schämte sich vor sich selber und vor seiner Familie wegen seiner Unentschlossenheit. Eines Morgens erschien beim Frühstück ein Eisbär mit einer riesigen Brille. Die Kinder flüchteten sich schreiend. Es war Vater Kiste im Autopelz. Endlich entschloß er sich, eine Fahrt allein zu wagen. Die ganze Nacht studierte er in den beiden Broschüren. Er fühlte sich wohl gewappnet. Der Chauffeur schüttelte sehr bedenklich den Kopf und schloß sich in sein Zimmer ein.

Einem vorbeigehenden Neger gestattete Kiste mitzufahren. Der stieg mit breitem Grinsen ein. Gleich wurde das Auto schwarz.

Kiste ließ vor der Abfahrt das Sirenensignal nach allen Kräften johlen, um den Konsul an das Fenster zu locken, um diesen Angstwurm, der nie ohne Chauffeur fuhr, zu beschämen.

Voller Zuversicht bestieg er den Führersitz. Er drückte einen Hebel vor, der ihm der richtige dünkte. Es war natürlich die Staubpuste, die er in Tätigkeit setzte und alle, die seine Abfahrt umstanden, mit Staub bedeckte.

Dann gelang es ihm, den richtigen Hebel zu finden.

Ein tolles Geknatter, ein Knall, eine Rauchwolke, und im gleichen Moment sahen die Hinterbliebenen das Mammoth-Auto in der Ferne als kleines Pünktchen verschwinden. Emil Kiste hatte den Hebel auf die Maximalgeschwindigkeit geschaltet. Wanderer retteten sich auf Telegraphenstangen, die Leute in den Dörfern auf die Dächer. Plötzlich mäßigte sich die Geschwindigkeit des Autos ohne Zutun von Kiste, es humpelte ein wenig, wie ein Gelähmter, dann drehte es sich plötzlich um sich selbst, lief ein Stück ganz schnell zurück und fuhr in gemäßigter Geschwindigkeit weiter. Kiste graute es. Man kam in eine kleine Stadt. In einer stillen Straße sprang das Auto plötzlich auf das Trottoir und zerquetschte einen von ohngefähr daherkommenden Kassenboten, den einzigen Menschen auf der Straße, an der Häuserwand wie eine Fliege, drehte sich dann mit einem grellen Sirenenschrei um, rannte einige 1000 Kilometer weiter und blieb schließlich wie festgenagelt stehen.

Entsetzen packte Kiste. Sein Kopf wurde eiförmig. Ein Pneumatik hatte sich vom Rade losgelöst und kroch wie eine Schlange über den Weg. Er begann zu beten. – Wer half ihm? Was war das mit dem Wagen? Alle seine Energie nahm er zusammen. Was blieb ihm übrig, als selbst die Hand anzulegen? Selbst ist der Mann! Was konnte die Ursache sein? Er rekapitulierte alle die Störungen, wie sie die Broschüren aufführten. Die Düse verstopft, die Zündkerze verrußt, die Kolbenringe gelockert, die Lager ausgelaufen, die Kühler heiß – was wußte er? Er kroch mit dem Handwerkszeug unter das Auto. Dieses sinnlose Röhrenwirrwarr im Bauche des Autos, diese ganze Maschinerie war ihm ein schauriges Rätsel. Er lag unbequem auf dem Rücken. Fortgesetzt tropfte ihm dickes, stinkiges Öl ins Gesicht. Dort an einem gebogenen Rohr bewegte sich etwas, eine runde, weiche, gallertartige, grüne Masse in der Größe eines Zehnpfennigstückes, mit einem Stachel in der Mitte, der fortgesetzt einen gelben Saft spritzte. Mit Schrecken sah Emil Kiste, daß das ganze Rohr löcherige Stellen zeigte, die wohl durch den Saft dieses Tieres verursacht wurden. Und jetzt bemerkte er mit stierem Entsetzen, daß der ganze Mechanismus von diesem furchtbaren Ungeziefer verseucht war, überall klebten diese Zerstörer. Das war die Ursache des irren Benehmens des Autos. Davon stand nichts in der Broschüre. Er nahm seine letzte Kraft zusammen und versuchte mit dem Hammer diese Viecher zu zerdrücken. Wie am härtesten Granit glitt der Hammer ab. Unaufhörlich tropfte auf den geplagten Kiste das Öl, er war wie unter einer Brause. Eines von den scheußlichen Tieren geriet ihm in den Halskragen und begann am Rückgrat seine bohrende Tätigkeit. Kiste war dem Wahnsinn nahe. Sein Selbstbewußtsein war zum Teufel! Er verfluchte die Axt im Hause ...! Warum ließ er den Chauffeur daheim? Der ahnte das Unheil. Im Fenster erschien das grinsende Gesicht des Negers! Kiste faßte die Wut, er schlug ihm mit dem Hammer den Schädel ein und warf ihn in den Chausseegraben. Das Auto wurde wieder gelb. Das funktionierte ja noch, Gott sei Dank! Gedankenlos stierte er auf die Pneus, die überall eiterige Stellen, wie Geschwüre, aufwiesen. Völlig mit Öl getränkt befahl er sich Gott, kletterte mit der ehernen Resignation eines, dem alles egal ist, auf sein Unglücks-Auto und schaltete tollkühn mit einem Ruck die Maximalgeschwindigkeit ein. Das Auto sprang vier Meter hoch, bäumte sich auf wie ein wildes Pferd, wandte sich dann plötzlich und raste, rückwärts fahrend, wie ein Orkan, mit 2000 Kilometern Schnelligkeit los. Über Berg und Tal ging die irre Fahrt, Gegenden verwüstend und entvölkernd, Dörfer und Städte einreißend. Emil Kiste verhungerte schon bald und wurde an einer Kurve hinausgeschleudert in das All. Er hätte sowieso nicht mehr lange gelebt, die Autobazillen hatten auch ihn ergriffen.

Vier Jahre raste das Auto allein durch die Welt, ohne zu halten, in unerschütterlicher Beständigkeit. Dann eines Tages vollendeten die furchtbaren Bazillen ihr zerstörendes Werk – – von einem Tag zum andern verringerte sich die Schnelligkeit des Autos, mühsam schleppte es sich auf den zerfressenen Pneus hin, humpelnd wie ein Schwerkranker, und eines Tages fiel es endlich in sich zusammen. Millionen von diesen furchtbaren Auto-Bazillen, die ihm den Tod gebracht hatten, bedeckten die Straße.

Alle diese Stelle passierenden Autos infizierten sich und gingen dem gleichen Verfall entgegen. Diese Epidemie verbreitete sich über die ganze Welt, und in zehn Jahren nach ihrem Ausbruch gab es kein Auto mehr.

Von großer Einsamkeit

Feine Gesellschaft

Das war also die ergötzliche Provinzstadt Stumpfsinnshausen, in der Eusebius Nöll seine juristische Laufbahn als Referendar am Amtsgericht begann. Nach dem bestimmten Entschluß seiner Familie sollte er eigentlich Theologie studieren. Der Urgroßvater, der Großvater und zwei Onkel waren Pastöre. Natürlich lag es nahe und im Sinn der Tradition, daß nun Eusebius ebenfalls Theologe ward. Aber als seine Schwester Dora einen Bankier mit Namen Maurus Isidor Baldower ehelichte, ließ man den Plan fallen, und Eusebius Nöll studierte Jura.

Er bemühte sich nun acht Jahre lang, in die Geheimnisse der Jurisprudenz einzudringen, und nach wiederholten Versuchen ließ ihn ein gütiges Geschick, ein gerissener Nachhilfeassessor und ein wohlwollendes Prüfungskollegium das Referendarexamen bestehen.

Eusebius Nöll hatte sich während seiner Berliner und Münchener Studienepoche unter lockerem Künstlergesindel mit ausgefransten Hosen und Maximen, die für einen Absinth feil waren, eine gewisse Respektlosigkeit vor der gesetzten Bürgerlichkeit und der weisen Gesetzmäßigkeit und Ordnung aller Dinge angewöhnt. Er konnte es nicht unterlassen, bei jeder kommenden Gelegenheit Menschen, denen die gesellschaftlichen Bräuche und die bestehende Konvention eine wichtige Sache dünkte, zu verhonepiepeln und die auf eine unfreie Norm gezwungene Feierlichkeit mit vorgeschriebenen Gesten als läppisches Marionettenspiel zu veralbern. Sagte man von jemand: »Er verkehrt« oder: »Er macht Besuche«, so nannte er ihn einen dressierten Papagei oder einen Fatzke.

Mit dem Tag aber, an welchem er Referendar wurde, änderte er sofort und entschieden seine bisherigen destruktiven Anschauungen. Die bislang geschmähte und verachtete gesetzte Bürgerlichkeit, die gesellschaftliche Konvention, die anerkannte Stellung in der Gesellschaft wurden ihm zum heiligen Gesetz. Er war geschwollen im Gefühl der großen Wichtigkeit und der großen Verantwortung, die auf ihm lag nach seiner Berufung zum Referendar.

Seine Münchener und Berliner Sauffreunde schickten ihm Bierkarten mit Schmähungen und Spott und stießen ihn als größte Schmach aus ihrer Runde aus, als sie von seiner Läuterung und Rückkehr in die gesetzte Bürgerlichkeit erfuhren.

Wie die Wassertropfen an den Federn der Ente abprallen, so prallten die Schmähungen dieser nichtswürdigen Gesellen an Eusebius Nöll ab. Auch wiederholte Briefe eines Wassermädels Zenzi in München und einer Telephonistin Dorchen in Berlin waren ohne Eindruck auf Eusebius. Das waren tempi passati für ihn. Gott sei Dank! Sein Ziel war jetzt die gute Partie und die gesellschaftliche Position.

So kam er eines Tages als wohlbestallter Referendar an das Amtsgericht der Provinzstadt Stumpfsinnshausen, wohlversehen mit Empfehlungen seiner theologischen Verwandtschaft an einige wichtige Honorationen von Stumpfsinnshausen.

Er wußte genau, was er zu tun hatte. Vor allen Dingen durfte er nicht säumen, sofort bei den Spitzen der Stadt seine Antrittsvisite zu machen. Die wichtigste Spitze war natürlich der Bürgermeister Emanuel Leberthran. Dann waren da noch andere Spitzen, die auch für Eusebius sehr zu beachten waren, wie der Amtsgerichtsrat Kasuar Flöte, der Amtsrichter Streng, der Platzmajor von Schnitzel, der Sanitätsrat Bullemann, der Direktor Schienenstrang von der Lokalbahn, der Notar Finnig, der Rechtsanwalt August Korrupt, der Bankier Moritz Kientopp und noch andere Männer in öffentlichen Ämtern, die als Konnexionen für ihn in Frage kamen.

Eusebius Nöll machte ordnungsgemäß seine Besuche. Wo er auch seine Antrittsvisite machte, immer war der Empfangssalon mit roten Plüschsesseln, mit einem Mahagonitisch, auf dem ein kunstgepunztes Photographiealbum lag, möbliert. Überall mußte er eine Viertelstunde warten. Überall empfing man ihn mit den gleichen Phrasen und neugierigen Fragen. Das fiel ihm auf.

Beim Apotheker, beim Tierarzt, beim Katasterkontrolleur und noch anderen Leuten, die keine Konnexionen für ihn bilden konnten, gab er nur die Karte ab.

Es kam die Saison des geselligen Verkehrs. Auf seine Besuche folgten prompt die Einladungen.

Die erste Einladung führte ihn in das Haus des Bürgermeisters Leberthran. Über das Trottoir war ein festlicher roter Makkoläufer gelegt für die mit Droschken ankommende Elite. Zwei künstliche Palmen, die versuchten, Bordighera vorzutäuschen, flankierten stimmungsvoll den Eingang. Ein alter Lakai mit einer haarigen, haselnußgroßen Warze auf seiner eingedrückten Tomatennase und dem sehnsüchtigen Blick nach dem Taler Trinkgeld in den treutriefenden Augen empfing die Gäste. Er nahm ihre Garderobe mit schmutzig-weißen Wollhänden entgegen. Er verstand es, die abgelegten Kleidungsstücke sinnvoll durcheinander zu hängen, Hüte an wildfremde Haken zu stülpen und Gummischuhe zu entpaaren.

An den Wänden eines der hellerleuchteten Festräume verrieten weniger verschossene Stellen auf der Tapete, daß hier sonst, den Umrissen nach, Betten, Waschtisch und andere Möbelstücke zu stehen pflegten.

Eusebius Nöll betrat den festlichen Raum mit der Sicherheit eines routinierten Gesellschaftslöwen. Er begrüßte das Ehepaar Leberthran mit einer tiefen Verbeugung und dankte devot für die ehrende Einladung.

»Kennen uns, kennen uns«, sagte die Spitze der Stadt und schlug Eusebius Nöll jovial auf die Schultern. »Ihr Onkel, der Dompropst Meier, hat mir Erfreuliches über Sie gesagt, mein junger Freund!« Eusebius' Onkel hießen Nöll, und beide waren Pastöre. Leberthran hielt ihn für jemand anders.

In das Stimmengewirr hörte man ein fortgesetztes kurzes Klatschen. Das waren drei Einjährige von auswärts, die bei ihren Verbeugungen und, wenn sie sich vorstellten, krampfhaft die Hacken aneinanderschlugen.

Der Platzmajor, zwei Bezirksleutnants und die drei Einjährigen stachen erfreulich ab von der Eintönigkeit der schwarzbefrackten Zivilisten.

Man ging umher von einem zum anderen und stellte sich einander vor, murmelte dabei, niemandem verständlich, seinen Namen. Man hätte gerade so gut einfach: wöwöwö sagen können. Das hätte genügt.

Leute, die sich seit Jahren kannten wie Zwillinge, stellten sich gegenseitig immer wieder aufs neue vor, wo sie sich nur trafen. Das schien in der guten Gesellschaft von Stumpfsinnshausen Sitte zu sein. Das fiel Eusebius Nöll auf.

Das Menü begann in lieber alter Weise mit Bouillon in Tassen mit Markklößchen, dann folgte Rheinsalm mit sauce hollandaise, Roastbeef à la jardinière, Poularde mit Salat und Kompott, Vanilleeis, diverse

Käse, Kaffee, Knallbonbons. An Wein gab es die beliebten Marken der Ressource. Dieses Menü bekam man, wo man auch eingeladen war, mit unerschütterlicher Sicherheit; es war das Normalmenü des einzig maßgebenden Traiteurs der Stadt, der auch den roten Läufer, die künstlichen Palmen und den Lakai mit der Tomatennase mitlieferte.

Das Bouillongeschlürfe war kaum weniger interessant und hätte fast die quälend beginnende Unterhaltung dieser Gesellschaft ersetzen können, die den Rheinsalm und den Braten und den Poulardenvogel mit der Brühe langweiliger Phrasen und Gemeinplätze benetzte.

Es lag ein seltsamer Stumpfsinn über dieser Veranstaltung. Das war also die Elite von Stumpfsinnshausen, das waren die Spitzen der Gesellschaft, dachte sich Eusebius Nöll mit einer gewissen Unruhe.

Das seichte Gerede wurde plötzlich unterbrochen von dem als Witzbold bekannten Platzmajor von Schnitzel, der bei keiner Gesellschaft versäumte, in launiger Weise zu konstatieren, daß die anwesende Gesellschaft die Farben der deutschen Flagge repräsentiere. Denn schwarz die Fräcke! Weiß die Toiletten der Damen! Rot die Aufschläge der Uniformen!

Eine schallende Lachsalve lohnte diese scherzhafte Feststellung des launigen Militärs.

Eusebius Nöll sagte vor sich hin, um den Bann zu brechen, der sich um ihn legte: »Grüne Weihnachten, rote Radler, weiße Pfingsten!« Damit hatte er in ein Wespennest gestoßen. Das war gegen die Regel.

Man äußerte sich allgemein, daß das Benehmen dieses jungen Mannes zu tadeln sei. Der Platzmajor war besonders aufgebracht. Wer war dieser vorlaute Mensch? Als man nun erfuhr, daß es der neue Referendar und der Neffe eines Dompropstes sei, so entging er der Schmach, von dem Tisch gewiesen zu werden. Unerbittlich und streng waren die Regeln hier in dieser Stadt.

Das Gespräch graste nach diesem peinlichen Zwischenfall weiter auf den Wiesen aller Gemeinplätze, ohne von dem Vanilleeis belebt zu werden. Zum Glück war immer der Assessor Herzkirsch zur Stelle, der dem Gerede stets eine neue Wendung zu geben verstand. Für die Gründung eines Tennisklubs machte er Propaganda und erklärte sich für den geeignetsten Arrangeur eines solchen Klubs. Er stellte sich in das beste Licht. An seinem letzten Aufenthaltsort habe ein genial florierender Tennisklub ihm sein Entstehen zu verdanken. Die Idee fand allgemein Anklang. Nun wurde hin und her geredet über die sorgfältige Auswahl der Mitglieder. Es gingen Stimmen, daß man den Tierarzt nicht auffordern dürfe. Manche hatten Bedenken, den Apotheker Albert Rizinus aufzunehmen. Sein Schwiegervater, hieß es, war früher Bierkutscher gewesen.

So hatte man ergiebigen Stoff zur anregenden Plauderei, und man verließ befriedigt das gastliche Haus.

Trotz des faux pas wurde Eusebius Nöll fast jeden Abend eingeladen. Überall traf er aber mit einer unheimlichen Konsequenz das gleiche Arrangement, den roten Läufer, die künstlichen Palmen, den alten Lakai, das ewiggleiche Normalmenü des maßgebenden Traiteurs dieser komischen Stadt, welches ihm täglich zuwiderer wurde, die gleichen Menschen, die sich immer und immer wieder neu vorstellten, die gleiche seichte Unterhaltung, den Witz des Platzmajors und das endlose Geschwätz über die Gründung des Tennisklubs.

Eines Tages wurde der Assessor versetzt. Ohne diese Anregung versiechte der Gesprächsstoff über den Tennisklub, und seichtes Gerede schlich um den Tisch.

Eusebius Nöll abonnierte sich, als Gegengewicht für den Stumpfsinn, der ihn in dieser Stadt umgab, auf den Simplizissimus. Auch sah man ihn bisweilen am Büfett des Lokalbahn-Bahnhofes mit dem Schankmädel, einer kleinen Berlinerin, Fiffi Pölsterchen, scherzen.

Natürlich kam das bald heraus, und der Stumpfsinn der feinen Gesellschaft trieb Giftblasen. Frau Oberkontrolleur Heimtück hatte es verbreitet, weil er nur die Karte bei ihnen abgegeben hatte.

Aber da er der Neffe eines Dompropstes war, schimpfte man nur heimlich über ihn. Um den Schein zu wahren und sich seine Karriere nicht zu verderben, folgte er getreulich, wenn zwar mit einem gewissen Widerwillen, noch immer allen Einladungen. Oft war es ihm aber auch so, als ob die Verblödung, eine gewisse Anpassung an das irre Getue dieser Stumpfsinnshausener Elite auch von ihm Besitz nehme. Er ertappte sich unlängst dabei, daß er herzlich bei dem schwarz-weiß-roten Scherz des Platzmajors mitlachte.

Zu seinem Glück bekam er einen Darmkatarrh, er verdankte ihn dem wochenlang täglich gleichen Normalmenü dieses teuflischen Traiteurs. Ein Ekel überkam ihn, und es gärte ihm im Bauch, wenn man von Rheinsalm, Roastbeef und Poularde sprach.

Das war eine Läuterung. Er wurde sich klar, daß er möglichst bald dieses Nest verlassen müsse. Eigentlich waren die Maximen seiner

Sturm- und Drangperiode mit der Verachtung alles gesellschaftlichen Schwindels doch die richtigen.

Eines Tages war Platzmajor von Schnitzel einem Herzschlagerl erlegen, mit ihm der letzte frische Impuls auf den Stumpfsinnshausener Gesellschaften, die nun in riesenhaftem Stumpfsinn dahinschlichen.

Es war Gesellschaft beim Amtsgerichtsrat Kasuar Flöte, der am Marktplatz wohnte. Natürlich war alles wie immer, vom roten Läufer ab bis zum Vanilleeis. Aber Eusebius Nöll wollte nicht absagen, da Flöte sein Vorgesetzter war.

Man war bis zur Poularde vorgedrungen, als ein verspäteter Gast, der Direktor Schienenstrang von der Lokalbahn, erregt hereinstürzte, die Fenster aufriß und der aus ihrem Stumpfsinn aufgeschreckten Gesellschaft draußen eine seltsame Erscheinung wies. Auf dem Dache des gegenüberliegenden Berliner Warenhauses war eine Lichtreklame unbemerkt von einem auswärtigen Ingenieur montiert worden. Kein Stumpfsinnshausener hatte je so etwas gesehen. Das war ein Ereignis für die Stadt. Die Gäste bei Flötes drängten sich an den Fenstern und stierten zitternd hinauf, wo am nächtlichen Himmel ein glühender Finger Worte schrieb.

Menschenmassen, selbst Krüppel und Lahme, Greisinnen und Greise, arm und reich, schoben sich auf dem Marktplatz zusammen. Kinder und Foxterriers wurden zertreten. Alle stierten nach dieser Zauberschrift am Himmel, die wie Teufelsspuk über das Dach kroch und ein unlösbares Rätsel war.

Eusebius Nöll blieb unberührt von dieser Aufregung. In der Großstadt machte man sich lächerlich, wenn man zu den Lichtreklamen hinaufschaute. Onkel vom Lande führte man wohl vor diese Reklamen, als billige Unterhaltung.

Eine Unruhe packte auch die Gesellschaft bei Flötes. Immer wieder lief der eine oder andere an das Fenster und starrte wie gebannt hinüber, wo die Worte Zigarette, Seife und andere Worte in die Nacht schrieen. Keiner fand eine Erklärung. Man grübelte und diskutierte. Alle empfanden eine gewisse Furcht über die unheimliche Sensation.

Plötzlich, um die Mitternachtsstunde, wischte ein unsichtbarer Schwamm die Buchstaben aus.

Mit Grausen und bebenden Beinen flüchteten die Stumpfsinnshauser Bürger in ihre Häuser.

Abend für Abend stand der Marktplatz gedrängt voll Menschen, die hinaufstarrten nach diesem Unerklärlichen. Die Folge zeigte sich bald, die Fälle von Starrkrampf wurden immer häufiger, und es war ein furchtbarer Starrkrampf, der die Köpfe in den Nacken drückte, so daß der Scheitel des Hinterkopfes mit dem Rückgrat einen rechten Winkel bildete. Es hieß, Sanitätsrat Bullemann habe ein Mittel, den Starrkrampf zu lösen. Seine Therapie war folgende: Er pinselte den Hals der Betroffenen mit Jod ein und spritzte mit der Pravazschen Spritze Schmieröl zwischen die Halswirbel. Der Krampf löste sich, und jeder bezahlte gern seine dreißig Mark. Weniger Anklang fand die besonders konstruierte Art von Scheuklappen, die Tierarzt Nüster empfahl.

Aber neben dem Starrkrampf stellte sich noch eine weitere, viel schlimmere Folge ein. Eines Abends blieb das i in den Worten »Zigarette« und »Seife« aus. Das war nun wieder eine ganz neue Sensation, und ganz Stumpfsinnshausen beschäftigte sich mit der Erscheinung, die sie erschreckte und nicht losließ. Nach einer Woche versagten sogar die Vokale in der Feuerschrift gänzlich: Sf, Kgnk, Zgrrn, Zgrtt, Fhrrdr, Krrph, Aplltthtr – so schrieb der glühende Finger an den nächtlichen Himmel. Und wie unter einem hypnotischen Zwang, einem kosmischen Muß begannen die Stumpfsinnshausener diese fremden, seltsamen Worte zu buchstabieren. Auf einer Gesellschaft bei Leberthrans fing es dann an: jenes entzückende Scherzspiel, in der Weise der defekten Feuerschrift zu reden. Es brachte anfangs auch eine höchst willkommene und angenehme Abwechselung in die Unterhaltung, aber allmählich wurde aus dem Spiele Ernst, bitterer Ernst. Ein Irres kam über die Leute. In etwa einem Monat sprach man nur noch diese Sprache ohne Vokale, die niemand verstand.

Seitdem meidet die Nachbarschaft Stumpfsinnshausen. Denn Stumpfsinnshausen ist eine Krankheit und steckt an.

Eusebius Nöll übrigens verließ, als der letzte Stumpfsinnshausener dieses unverständliche Suaheli sprach, mit der kleinen Berlinerin vom Bahnhof die Provinzstadt Stumpfsinnshausen und begab sich nach München.

Hitze! Hitze!

Man spreche mir nicht von wollenem Unterzeug, von Kamelhaardoppelleibchen, von dicken Schafswollsocken, von Pelzmützen mit Ohrenwärmern, Pulswärmern, Glühwein oder heißen Bettkrügen. O, das lasse man lieber, denn ich kann dann sehr ungemütlich und häßlich werden. Ich bin ohnehin aufs höchste gereizt.

Ich bin kein Eisverkäufer oder Selterwasserfabrikant oder Aktionär eines Strandbades oder einer Badeanstalt. Ich profitiere nicht von den Hitzeferien in den Schulen. Ich habe nicht den geringsten Vorteil von der Hitze. Sie quält mich nur auf das furchtbarste und bringt mich dem Irrsinn nahe. Dazu kommt, ich bin schlecht gerüstet gegen dieses afrikanische Wetter.

Vor einigen Jahren starb mein Onkel Hubert. Ich bekam seinen Panamahut. Es war ein wertvoller Panama, so sagten meine Verwandten, die des Onkels goldene Uhr und seine Schmuckgegenstände an sich nahmen.

Man kann Panamahüte so lange tragen, wie man will, sie werden dadurch nicht reiner und ansehnlicher. Ich habe meinen Panamahut getragen, bis er grün wurde. Wir sind auf ein unterhaltsam, lehrreich Blättchen, den »Familienfreund«, abonniert. Da findet man eine Rubrik »Praktische Ratschläge fürs Haus«. Es wird angegeben, wie man Tintenflecken aus Damasttüchern entfernt, wie man aus Zahnstochern und Apfelresten lustige Spielzeuge für die lieben Kleinen machen kann, wie man Gardinen und Muskeln stärkt, und auch wie man alte Panamahüte wie neu auffrischt. Ich habe genau nach dem Panamaauffrischungsrezept gehandelt, ich habe stundenlang aufgefrischt. Ich muß irgendetwas falsch gemacht haben. Mein Panamahut ist wohl weiß geworden, ist aber zusammengeschrumpft wie ein Stück Haut. Ich habe ihn von einem befreundeten Architekten zum Hute formen lassen. Er bekam aber nur noch den Durchmesser einer Kaffeetasse und saß mir auf dem Kopfe wie ein Zündhütchen. Ich habe ihn einmal auf Zureden eines Todfeindes aufgesetzt. Alle Welt hat mich geschnitten. Assessor Bleistiftschutz hat ostentativ weggeguckt. Frau Rat Tüllentropf ist schnell in ein Geschäft geflüchtet. Das tat mir weh, sehr weh. Man hat den Hut dann bei uns zum Durchschlagen von Pflaumenmus benutzt.

Ich trage jetzt meinen guten, braunen, so häufig verwechselten, fünf Pfund schweren, steifen Filz. Ich habe das Gefühl, als hätte ich einen brennenden Petroleumkocher auf dem Kopf. Meine Haare werden nur so abgesengt. Mein Kopf ähnelt einer Prärie nach einem Brande.

Man hatte mir als Kind gegen wehe Augen kleine Goldknöpfchen in die Ohren gemacht. Die Knöpfchen sind bei der durch den Filzhut verstärkten Hitze geschmolzen und abgetropft wie Siegellack. Auch ein Stück Ohrläppchen ging verloren, aber nur wenig. Die Ohren sind zu knallroten Blasen, gleich Kinderballons, angeschwollen. Ich sehe nun wirklich merkwürdig aus. Es kleidet mich nicht besonders. Vornehme Leute, die mal sagten, sie wollten mich einladen, haben es nie getan.

Ich habe eine wirklich, eine wirklich schöne, weiße Hose gehabt. Ein angenehm kühles Kleidungsstück. Mein Patenonkel Emil Heisterbach, der zwei Häuser weiter auf der gleichen Straße wie wir wohnte, hatte sie auf einer Reise in Ruhrort für sich gekauft. Leichtsinnig, wie der alte Heisterbach immer war, hatte er die Hose nicht anprobiert. Natürlich war sie nachher zu eng, selbst wenn er die Schnalle offen ließ. Er hatte sie mir dann zu meinem dreißigsten Geburtstag nebst zwanzig Mark in bar geschenkt. Ein herzensguter Mensch, der Onkel Emil! Er starb bald darauf.

Am Fettherz, der Arme!

Gott, das war eine Prachthose, etwas ungemein Erfrischendes hatte sie. Brachte man sie in die Nähe eines Thermometers, sank er gleich um etliche Grad. Diese Hose war die Kühle, der frische Wind an sich. Sie war ein Wunder, ein unglaublicher Triumph der Kühltechnik. Es lag hauptsächlich im Stoff, ein wenig zwar auch in der Konstruktion. Die Hose hatte messerartige Bügelfalten.

Ich war krankhaft stolz auf die Hose. Ich probierte sie fast täglich vor meinem Spiegel, wagte es aber nicht, darin auszugehen. Ich war sicher, daß es sofort regnen würde, und mit der Schönheit meiner schönen Kühlhose wäre es dann alle gewesen. Oder es konnte ihr anderes Mißgeschick im Getriebe der Straßen widerfahren. Ein Radfahrer konnte gegen mich fahren, Hunde konnten Unheil anrichten, kleine, süße, entzückende Kinderchen ihre mit Apfelkraut verklebten Händchen gegen meine Hose drücken. Ich wäre bald der Wunderhose verlustig gegangen. Schon in pietätvollem Gedenken an den guten Onkel durfte an der so außergewöhnlichen Hose nichts geschehen.

Außerdem stand in unserem »Familienfreund« nichts darüber, wie man weiße Hosen zu waschen habe.

Tag um Tag nahm die Hitze zu. Auf der Straße schmolz man hin wie Wachs. Das Asphalt war aufgeweicht, und die Straßen glichen Morästen. Die Welt draußen war eine Hölle.

Dinge, die man hart liebte, wurden weich, schmolzen; was weich sein sollte, wurde hart, dorrte aus. Butter wurde zu Öl und lief einem vom Brot in den Ärmel. Brötchen, die man, weiß Gott, ohne ein Feinschmecker und Genußmensch zu sein, gerne weich aß, wurden steinhart und erinnerten an Hammerköpfe aus der Steinzeit, wie man sie in Museen findet. In den Flaschen brodelte der Wein und das Bier. Aus der Wasserleitung lief glühendes Blei, die Rohre verzehrten sich in der Glut. Die Metallplomben schmolzen in den Zähnen. Man sprach unter dem Einfluß der Hitze unwillkürlich einen Kongodialekt. Zigarren und Zigaretten rauchten sich selbst zugrunde.

Ich lag in drei Eisschränke verteilt, die Beine hatte ich in je einem und den Oberkörper und Kopf in einem anderen, großen Eisschrank (mit mir zusammen waren noch Würste, Suppenknochen, Käse und ähnliches) und litt dennoch unter der höllischen Hitze. Ich verbrauchte einen Rhonegletscher an Eis. Um mich schnurrten weißglühende Ventilatoren.

Wie ein lähmendes Band legte sich die Glut um mein Denken; wenn ich leise mit dem Kopf wackelte, spürte ich das Gehirn plätschern. Alles, trotz der drei Eisschränke!

Ich mußte mein Gehirn beschäftigen, mußte mich für irgend etwas interessieren, wenn ich nicht im Stumpfsinn ganz vergehen wollte. Ich griff zur Zeitung. »Hitze, Hitze, Hitze«, atmete es mich glühend an aus ihren Spalten. Berichte über Hitzschläge, statistische Vergleiche der bisherigen höchsten Temperaturen, genaue Angaben der Gradhöhe morgens, mittags und abends aus allen Städten, Mittel gegen Hitzschläge, Vorschriften für die Bekleidung, über Hitzeferien, so höhnte es mich an. Was gingen mich alle die Vorschläge an über eine einheitliche Regelung der Hitzeferien? Der älteste Mann der Stadt soll darüber entscheiden! proponierte jemand. Die Vision peinigte mich: Ein uralter Mann, höllenhaft schwitzend, auf einem Eiskühler sitzend, einer zweiten Pythia gleich, dem fragenden Volke kündend, ob hitzefrei sei oder nicht!

Dem Himmel sei Dank, die Zeitung verbrannte mir in der Hand. Es wäre sonst mein Ende gewesen.

Ich mußte eines Tages allerdringendst in die Stadt. Ich hatte in der Wohltätigkeitslotterie zum Besten der vom Hitzschlag betroffenen Unglücklichen zwei Pelzkragen, einen Karton Aachener Printen und drei Dutzend Tulpengläser gewonnen. Die Gewinne mußten sofort eigenhändig abgeholt werden.

Es war an dem Tage so heiß, daß das Quecksilber oben am Thermometerrohr herausspritzte und die Wände hinaufkroch. Feuersalamander hörten auf, sich über zu frische Temperatur zu beklagen.

Nach langem Kampfe habe ich mich entschlossen, die weiße Hose anzuziehen. Sie bewährte sich glänzend. Die Strahlen der gierigen Sonne prallten ab an dem Weiß der Unschuld. Wenn ich nicht den schweren Filz aufgehabt hätte und einen sechs Zentimeter hohen, weiß lackierten Patentblechkragen »Schmilzt nicht«, so wäre es noch erträglicher gewesen.

Ich traf auf der Straße ein feuchtes, klebriges, transpirierendes Etwas, meinen Freund Adam Schüttelfrost. Er erinnerte an einen Fürst-Pückler-Eispudding, den das Mädchen aus Versehen angewärmt hat. Er schwitzte einfach monumental, michelangelesk. Es war ihm so heiß, daß ihm beim Sprechen die Konsonanten in Vokale zerflossen.

Er war auf dem Wege zum Fluß. Er wollte baden. Er hatte noch den Kinderglauben vom »erfrischenden Bad«. Er hat dann auch richtig mit anderen ebenso naiven Unglücklichen den Tod gefunden, sie sind alle schlicht im Fluß verbrüht. Sie hätten sich gerade so gut in glühende Bouillon legen können.

Ich würde schon aus dem Grunde nie öffentlich baden, weil ich X-Beine habe. Zwar hat mir mal eine Amerikanerin in Ostende gesagt, ich hätte a gotical act, und es wäre very nice indeed. Aber was nutzt mir das, die Leute lachen doch.

Die weiße Hose funktionierte fabelhaft. Wäre ich nicht so unvorsichtig gewesen, mich in einen Korb schwarzer Waldbeeren zu setzen, hätte ich noch lange Nutzen von dieser Wunderhose »Antihitze« gehabt. Aber ich entsetzlicher Tölpel tat das.

Ich war ein gebrochener Mann. Ich habe in meiner Not die Hose gewaschen nach dem Panamawaschrezept aus dem »Familienfreund«, mit dem Erfolg, daß aus der Prachthose eine sehr kleine Schwimmhose wurde, so war die Hose eingelaufen.

Ich gehe jetzt nicht mehr aus und nehme mir die Tracht der Papuas zum Vorbild. Ich liege in meinen drei Eisschränken und beobachte die mit Leim bestrichenen Patentfliegenfänger »Hurra! Hurra!«, bedenke, wie weise die Natur die fehlende Kühle durch um so größere Mengen von Fliegen und Mücken ersetzt und so die Menschen tunlichst davor bewahrt, durch die gräßliche Hitze beeinflußt, in dumpfes Dösen und eine tödliche Lethargie zu verfallen. Alles ist weise eingerichtet. Oja, oja!

Tante Fina ist gegen das geleimte Fliegenband gelaufen. Es klebte ihr im Gesicht fest. Es war schwer, das Band abzumachen. Aber mit Gewalt ging es ab, zwar auch ein Stückchen Backe. Tante Fina schrie schrecklich. Dabei klebten ihr noch vier Fliegen im Gesicht. Die sahen aus wie Rosinen in einem mürben Platz. Ich habe sie abgepolkt und wieder auf den Fliegenfänger geklebt.

Alle, die der Tante Fina geholfen, hatten klebrige Finger. Auch Sebastian. Er hat gleich darauf Klavier gespielt. Die Tasten sind ihm an den Fingern kleben geblieben, er war ein jähzorniger Mensch und hat die Tasten wie Wurzeln ausgerissen.

Der Fliegenleimstreifen hängt an der Lampe herunter. Ich stiere apathisch, wie die Fliegen so töricht sind und setzen sich auf den Streifen anstatt auf den Porzellanknopf der Hängelampe, wie einst. Die Backofentemperatur steigt, steigt. Ich denke mit einem gewissen Behagen in meinen Eisschränken daran, daß ich bei einem solchen Teufelswetter höchst ungern Heizer auf einem Dampfschiff oder Radrennfahrer sein möchte.

Drei Fabeln ohne Moral

Der Fuchs und die Trauben

»Na, ich konnte mir auch denken, daß die Trauben noch nicht reif waren«, sagte der Fuchs und stellte den Stuhl, auf welchen er gestiegen war, um die Trauben zu kosten, wieder an seinen Platz.

Er streckte sich behaglich am Fuße des Weinstockes aus und ließ sich die Sonne auf den Pelz brennen.

Von ongefähr kam der Rabe geflogen. Der Rabe war ein Witzbold, ein wenig Satiriker; die Tiere meinten, er sei boshaft. Er selbst hielt sich für einen Lebens-Künstler; er war stets im evening dress.

»Hallo, wie schaut's, alter Freund«, – Leute, die man nicht mag, nennt man gern alter Freund – rief er dem Fuchs zu.

»N Tag«, erwiderte lässig der Fuchs.

»Ah so, Traubenkur, was?«

»Zu sauer«, gähnte der Fuchs faul.

»Verstehe, verstehe«, kicherte hämisch der Rabe, flog an den Weinstock und pickte eine dicke Beere ab.

»Pfui Teufel!« Wütend spuckte er aus und flog beschämt davon.

Der Fuchs feixte befriedigt.

Der Hahn und der Wurm

An einem Freitag Morgen sagte der Regenwurm nach dem Morgenkaffee zu seiner Frau: »Höre mal, Traudchen, es wird mir hier unten zu muffig, ich krieche ein wenig nach oben, um Luft zu schnappen.«

»Gott, Kaspar«, ängstigte sich die Regenwürmin, »gib nur bei Leibe acht, daß dir nichts passiert. Du weißt, speziell Hühner sind so unglaublich roh und rücksichtslos.«

»Ich bin Fatalist«, sagte der Regenwurm kurz und verabschiedete sich von seiner Frau. Leise vor sich hinweinend, schaute die Gute ihrem Gemahl nach, bis er an der Biegung des Ganges verschwand.

Im Hühnerstall krakeelte zur gleichen Zeit der Hahn mit den Hühnern.

»Ich bin den ewigen Körnerfraß leid. Wenn derartig nachlässig für mich gesorgt wird, suche ich mir draußen selbst etwas. Wann hatte ich den letzten Regenwurm?« fuhr er sein Lieblingshuhn Mathilde an.

»Um Pfingsten«, stammelte dieses ganz zerknirscht.

Der Hahn warf die Tür ins Schloß und ging auf den Hof. –

Der Regenwurm war mittlerweile oben angelangt und hatte gerade das Loch verlassen.

»O Schrecken! Ich bin verloren«, murmelte er entsetzt, als er den Hahn gewahrte, der soeben die ersehnte Delikatesse erspäht hatte und in eiligen Schritten auf ihn zukam.

Schon bückt sich der Hahn, um sein Opfer zu verschlingen; da richtet sich der Regenwurm in seiner ganzen Länge kerzengerade auf und schnarrt dem Hahn entgegen: »Verzeihen Sie, sich bin eine Stricknadel.«

Der Hahn prallte zurück. – Da er nicht gern Stricknadeln mochte, stammelte er verlegen: »Dann entschuldigen Sie, bitte«, machte eine leichte Verbeugung und ging weiter.

Der Wurm lachte sich ins Fäustchen.

Die Rangierlokomotive und der Prellbock

»Sie sind mit im höchsten Grade unsympathisch, um mich nicht schärfer auszudrücken«, sagte die Rangierlokomotive zum Prellbock.

Es war eine Rangierlokomotive ältester Konstruktion, die nur noch dazu verwandt wurde, auf dem Hauptgüterbahnhof Waggons, die entladen werden sollten, in ein sogenanntes »totes Gleise« zu ziehen, an dessen Ende der Prellbock stand.

»Unsympathisch sind Sie mir«, knirschte sie und rannte absichtlich hart gegen den Prellbock.

»Lassen Sie mich doch, bitte, nicht immer unter Ihrer Unzufriedenheit leiden; ich kann doch nichts dazu, daß man Sie hier auf den Rangierbahnhof gesteckt hat«, meinte der Prellbock gutmütig, »ergeben Sie sich doch in Ihr Schicksal.«

»Ergeben – ergeben – so ein dummes Gewäsch! Man möchte explodieren, wenn man es mit ansehen muß, wie man heute unreifen, unerfahrenen Laffen von Maschinen, kaum der Werkstätte entwachsen, Züge anvertraut. – Einen roten Streifen um den Schornstein und all die anderen Firlefanzereien habe ich nicht – Gott sei Dank, es täte mir leid – ich bin eine solide Person. – Ich, ausgerechnet ich, bin dazu verdammt, blöde ungebildete Güterwagen auf und ab auf diesem idiotischen Gleise zu ziehen. – Veraltet sei ich! Ha – Ha – ha! Ich veraltet! – Und Sie«, fiel sie plötzlich über den Prellbock her, »Sie haben nicht das geringste Verständnis für die Tragik in meinem Leben. – Ihre langweilige Physiognomie immer vor Augen, das geht mir, weiß Gott, auf die Nerven. – Sie sind es schuld! Sie versperren mir den Weg in die Welt! Ha, wie würde ich den Herren vom grünen Tisch zeigen, was die veraltete Lokomotive zu leisten vermag; hätte ich nur freie Fahrt vor mir. – Sie – Sie versperren mir den Weg – Sie Reaktionär!! Wenn Sie wüßten, wie ich Sie hasse, vom Grund meiner Seele aus hasse. – Glotzen Sie nicht so dumm!« Sie rannte wütend gegen den Prellbock.

»Immer Ruhe, Ruhe«, suchte der Prellbock die Aufgeregte zu beschwichtigen. »Sie verbiegen sich nur die Puffer, und das ist schmerzhaft.«

Sein Phlegma erhöhte nur ihren Zorn. Rasend vor Wut pfiff sie gellend auf. – –

Tag für Tag wiederholten sich diese Szenen, und die Ausfälle gegen den guten Prellbock wurden immer heftiger, so daß es schließlich diesem, der doch eine Seele von einem Kerl war, zu viel wurde. Als wieder mal die Lokomotive in der gemeinsten Weise über ihn hergefallen war und ihn unter anderem ein »reaktionäres Mastodon« genannt hatte, riß dem Prellbock, der zwar nicht so recht wußte, was ein Mastodon sei, jedoch das Empfinden hatte, daß es ein sehr verletzendes Schimpfwort sein müsse, die Geduld, und er brüllte plötzlich los: »Lossen's mir mai' Ruah! Mai Ruah will i hob'n!«

»Sprechen Sie hochdeutsch mit mir, Sie Flegel!« schrie die Lokomotive und kam in voller Fahrt haßerfüllt auf den Prellbock losgefahren, um sich in einem empfindlichen Stoß zu rächen. – Fast berührten ihre Puffer den Prellbock, als dieser blitzschnell zur Seite sprang; die Lokomotive sauste durch, vergrub sich mit den Rädern im Dreck, überschlug sich und explodierte mit furchtbarem Knall.

»Mastodon. So eine Gemeinheit. Diese freche Person«, murmelte vor Erregung keuchend der Prellbock und hüpfte wieder an seinen alten Platz.

Der Mann mit dem verschluckten Auge

»Zurück zur Natur, Natuur, Natuuur!« hatte die Sehnsucht in mir geschrien.

Ledig all der Fesseln einer entsetzlichen Konvention, ledig all des welschen Tandes unserer heutigen eines Nachkommen Teuts unwürdigen Kleidung, nur mit einem Schurzfell angetan, wollte ich durch die Wälder, über die Fluren stürmen, den selbstgeschnittenen, knorrigen Eichast in der Rechten schwingend, die erschlafften Glieder stählen durch Sprung und Kletterkunst, das flinke Eichhorn verfolgen in die höchsten Gipfel, dem behenden Reh nachjagen und es im Laufe erhaschen, dem scheuen Wiesel nachstellen und es mit der Hand ergreifen. Wurzeln, Beeren und Bucheckern und ein Trunk aus der kühlen Quelle sollten tagsüber meine Atzung sein. Kein Schermesser durfte mehr mein Kopf- und Barthaar berühren; in Locken sollte das Haar über Nacken und Schultern fallen, als Zeichen und schönste Zier des freien Mannes, wallender Bart die Brust bedecken. Fort mit allem Schnick-Schnack einer weibischen Zeit, den wohlriechenden Seifen, Pasten, Pulvern, Wässern, der tändelnden Zahnbürste, dem Kamme und der Kopfbürste!

Keine Zeitungen, keine Bücher wollte ich mehr sehen. Keine Briefe bekommen oder schreiben. Ich wollte nichts mehr hören von der Welt da draußen.

Natuur, Natuuur, Natuuuur! Durch dich wollte ich wiedergeboren werden zum Menschen!

Gleich nach meiner Ankunft in Bullenbach war ich, nur mit einem Schurz aus Hasenfell umgürtet, in aller Frühe in den Wald gegangen. Ich schnitt mir eine junge Eiche zum Stecken zurecht und drang mit »Hojotohoh« in das Dickicht. Da stieß ich auf fünf Holz abfahrende Bauern, die sich sofort, als sie meiner ansichtig wurden, voller Wut auf mich stürzten und brutal festhielten. Auf meine Erklärungen über die historische Berechtigung und die hygienischen Vorzüge des Nacktgehens nannten sie mich eine gottverfluchte Sau und noch schlimmeres, und zum Schluß wurde ich mit meiner jungen Eiche elendiglich verhauen.

Dann machte ich schüchterne Versuche, mit einem bis zum Knie reichenden härenen Gewande umherzugehen. Man hetzte die Hunde auf mich, die Kinder bewarfen mich mit Kot, und die Wirtin erklärte mir, die Bullenbacher duldeten diese Maschkerad nicht, und sie hätte keine Lust, sich für die paar Mark, die ich zahlte, das ganze Dorf auf den Hals zu hetzen, und ich möchte sehen, wo ich ein anderes Unterkommen fände, bei ihr könnte ich nicht länger wohnen.

So schnell wollte ich die Flinte nun doch nicht ins Korn werfen. Lieber die kleinen Unfreundlichkeiten und Mißverständnisse ertragen, die doch im Grunde nur eine charakteristische Note dieser urwüchsigen Naturkinder darstellten: die naive Abneigung gegen alles Neue, Fortschrittliche, das Festklammern an der Väterüberlieferung, als zurückkehren in die Hölle der Zivilisation.

Ich beschwor die Frau, mich doch wohnen zu lassen, und es gelang mir schließlich, sie durch eine Verdreifachung des bisher bezahlten Pensionspreises zu rühren.

Ich tat alles Mögliche, mich mit den Bauern auf guten Fuß zu stellen, mich ihnen anzupassen. Abends im Wirtshaus saß ich mitten unter ihnen, soff unzählige Maß Bier, rauchte unter furchtbaren Qualen wacker den landesüblichen Tabak, aß allabendlich, meine Abneigung überwindend, heroisch das Nationalgericht der Bullenbacher: rohes Schweinegehacktes mit Pfeffer und Zwiebeln verwürzt, suchte stets in allen Dingen der Meinung dieser herrlich unzivilisierten Dörfler zu sein und wieherte jedem kräftigen Scherzwort zu, ob es mich auch selbst traf.

Obgleich mir jedes Kartenspiel entsetzlich verhaßt war und ich diese Beschäftigung, mit Schopenhauer, für den Bankerott aller Gedanken hielt, begeisterte ich mich für den Skat und das Sechsundsechzig der Bullenbacher und saß jeden Abend bis spät in die Nacht und schlug die fettigen Karten mit der meinen Partnern abgelauschten Kraftgeste auf den Tisch. Ich mühte mich nach Möglichkeit, nicht zu gewinnen, um diese leicht erregbaren Primitiven nicht unnötig zu verstimmen. Als ich nun eines Abends dennoch und sogar fünfmal hintereinander gewann, wallten die Leidenschaften auf, der furor teutonicus erwachte jäh, und man hatte mir, ehe ich mich dessen versah, einen Maßkrug um den Kopf geschlagen, mich vor den Bauch getreten und mich endlich durch die Füllung der Tür hinausgeschmettert.

Hochachtung vor dieser aus einem ehrlichen, ursprünglichen Empfinden für Recht und Unrecht und einem ungezügelten Temperament erwachsenen animalischen Kraft!

Mit dick verbundenem Kopf habe ich vierzehn Tage auf meinem Zimmer gesessen. O, die Verwirklichung des Rousseauschen Ideals war nicht so einfach. Ich entschloß mich, schlicht barfuß zu gehen wie alle Welt in Bullenbach. Nachdem ich mir aber einen rostigen Nagel in den Fuß getreten hatte, wurde mir klar, daß auch das nicht das Richtige war und das von mir so fanatisch gehaßte modische Schuhwerk doch seine Vorzüge hatte. Die Verletzung hatte natürlich eine Eiterung zur Folge, die mich wieder auf einige Zeit lahmlegte und mir Muße gab, über die erzielten Resultate meiner Therapie gegen den großen Kulturdegout nachzudenken.

Wenn ich so durch des Schicksals Tücke verdammt war, tagelang auf meiner schmucklosen Bude zu hocken, ohne die geringste Anregung und Zerstreuung, überkam mich immer häufiger eine grenzenlose Langeweile. Allein es gab jetzt kein Zurück mehr, es hieß durchhalten, wenn ich nicht mein Selbstvertrauen gänzlich einbüßen wollte. Ich mußte beweisen, daß ich eine Persönlichkeit war, eine Persönlichkeit mit genügendem inneren Gehalt, die all dieser äußeren Dinge entbehren konnte und in der Beschäftigung mit sich vollauf ihr Genüge fand. Ich hielt mir als erstrebenswertes Beispiel den indischen Yogi vor Augen, der die reale Welt überwunden hat und es durch Konzentration aller seiner Kräfte auf sich selbst vermag, in sich eine Welt, herrlicher, als die wir sehen, zu schaffen.

Lediglich ein fortgesetztes Stieren auf den Nabel bringt bei dem Yogi diesen Zustand der Weltentrücktheit hervor. Ich habe es auch versucht und stundenlang auf dem Boden gekauert und meinen Nabel betrachtet, mit dem einzigen Resultat, daß ich völlig dumm im Kopf wurde und meine Beine einschliefen, sodaß ich nachher weder gehen noch stehen konnte. Von einem Aufgehen im Nirwana nicht die Spur.

Man muß sich üben, sagte ich mir und begann täglich mindestens eine Stunde lang meinen Nabel tiefsinnig zu fixieren. Das Nirwana blieb aus, nur glaubte ich eines Tages während der Meditation ein merkwürdiges Rumoren in meinem sonst so stillen Bauche zu verspüren. Ein eigenartiges Saugen, Kollern, wie ich es noch nie empfunden hatte. Dann hatte ich plötzlich das Gefühl, als ob ein dicker Knäuel im Leibe aufstiege bis zum Halse, dann ein seltsames, lustiges Prickeln in der Nase und noch sonst wo. Meine Gesichtsfarbe wurde fahl. Heißhunger wechselte ab mit Appetitlosigkeit.

Sollte das vielleicht der Übergang zur ersten Stufe hin zum Nirwana sein, die Umbildung des Organismus zu höheren okkulten Fähigkeiten?

Eine merkwürdige Unruhe packte mich, ich begann mich genauer zu beobachten. Die Zeichen wiederholten sich, auch wenn ich mich nicht in der Fakirstellung befand. Von Tag zu Tag wurden sie stärker.

Ich war stolz auf das erzielte Resultat meiner Meditation. Mein Aussehen wurde immer interessanter, dämonischer. Pergamentfarben war die Haut, tief lagen die blauumränderten Augen im Kopf.

Zufällig kam ich eines Tages mit dem Landarzt, der auf einer Fahrt über die Dörfer im Wirtshaus zu Bullenbach Halt machte, ins Gespräch. Ich brachte ganz unbefangen und harmlos die Rede so im allgemeinen auf die indischen Fakire und ihre geheimnisvollen okkulten Kräfte und dann schließlich auch auf meine Versuche. Ich erzählte ihm genau, was ich bisher auf diesem Gebiet erreicht hatte. Der Mann schaute mich aufmerksam an und bat mich, die beobachteten Symptome nochmals genau zu wiederholen. Ich tat es mit dem Erfolge, daß der Doktor in ein wieherndes Gelächter ausbrach, das kein Ende nehmen wollte.

Da war doch aber auch wirklich nichts zu lachen. Ich wurde wütend und schrie auf ihn ein: »Wenn Sie von solchen Sachen nicht mehr verstehen als Ihre Bauern hier, dann sagen Sie das doch vorher!« Damit stand ich auf und wollte weggehen.

»Warten Sie«, prustete der Doktor hervor, die Tränen liefen ihm über die Backen, »warten Sie doch um Gottes willen. Die Symptome, die Sie an sich bemerken, haben keine okkulte, sondern eine nur zu unangenehm reale Ursache, sie kommen nämlich von einem Bandwurm. Ist Ihnen nicht der Abgang von nudelartigen oder kürbiskernartigen platten Stücken aufgefallen?«

»Diese Erscheinung habe ich in der Tat schon verschiedentlich an mir konstatiert«, mußte ich kleinlaut zugeben.

»Haben Sie häufig rohes Fleisch gegessen?« fragte der Arzt.

»Eigentlich jeden Abend, seitdem ich hier bin«, stieß ich beklommen hervor.

Mein ganzes schönes Selbstbewußtsein ging in die Brüche. Ein Bandelwurm, der hatte mir zu allen meinen Enttäuschungen nur noch gefehlt, das war also die Krone meiner Flucht in die Natur.

»Na, besonders angenehm ist ja solch ein Logierbesuch nicht. Ich will Ihnen etwas aufschreiben, das nehmen Sie in drei Portionen ein. Dann werden Sie bald befreit sein. Das Mittel nüchtern trinken und dann im Zimmer bleiben. Genau Obacht geben, ob auch der Kopf mitgekommen ist.«

Die Medizin war abends angekommen. Das erste Drittel hatte ich dann am nächsten Morgen, das zweite Drittel mittags eingenommen. Nun hockte ich, umgeben von vielen Gefäßen, voller Hangen und Bangen auf meiner Bude in Erwartung der Katastrophe.

Unter der Einwirkung einer furchtbaren Augusthitze hatte ich mich so nach und nach vollständig entkleidet und saß nackt auf dem Prachtmöbel meiner Klause, dem Wachstuchsofa und hatte einige Ablenkung darin gefunden, die erfrischende Wirkung einer solchen

Sitzgelegenheit bei häufigem Wechseln des Platzes zu beobachten. Aber nur für kurze Zeit war diese Nuance in der Lage, mich zu zerstreuen.

Die flimmernde Schwüle des Augusttages, gesättigt mit den der Küche entsteigenden Spüldüften, kroch in das Zimmer und legte sich schwer auf mein Denken. Das Gefühl der Wirklichkeit schwand mehr und mehr. Das Leben um mich schien unter dem Einfluß der glühenden Sonnenstrahlen gänzlich ausgesetzt zu haben. Das ganze Haus war wie ausgestorben, nur ab und zu drang ein müdes Tellergeklapper aus der Küche herauf. Die Schweine, die sonst bestrebt waren, eine charakteristische Note durch ihr Gegrunze in die ländliche Symphonie zu bringen, schwiegen und lagen in todähnlichem Zustand auf dem Mist. Der bösartige Spitz, der sonst gewissenhaft um das Haus zu laufen und in Ermangelung einer feindlichen Erscheinung die harmlosen Hühner anzukleffen pflegte, lag irgendwo und rührte sich nicht. Die braven, fleißig legenden Hühner ließen apathisch ohne Freudengegacker ihre Eier von sich gehen. Das monotone Gesumm der ein- und ausfliegenden Mücken und Fliegen und das müde Gekrieche dieser Insekten an den Wänden und Möbeln verstärkte noch das unheimliche Schweigen. Ein grenzenloses, lähmendes Nichts umgab mich. Wie ein Reif von warmen, feuchten, klebrigen Händen legte es sich mir um den Kopf.

Ich mußte mich unter allen Umständen beschäftigen, wenn dieser furchtbare Druck, den der glühende Augusttag gebar, nicht Macht über mich bekommen sollte, wenn ich nicht wahnsinnig werden wollte! Das Gehirn mußte in Tätigkeit bleiben!

Eine Schaustellung indischer Fakire, die ich einmal irgendwo gesehen hatte, fiel mir ein. Unter anderen war da ein Mann gewesen, der seine Augen aus den Augenhöhlen herausnehmen und einige Zentimeter vom Kopf entfernen konnte. Ein befreundeter Arzt, der damals bei mir war, hatte dieses für mich seltsame und eigentlich schreckliche Phänomen für höchst einfach erklärt. Es gehöre nur eine gewisse Willenskraft dazu und Überwindung des unangenehmen Gefühls beim Berühren des Augapfels. Bei Augenoperationen, zur Beseitigung eines Abszesses zum Beispiel auf der Rückseite des Augapfels, nehme man das Auge stets ohne irgendwelchen Schaden für den Patienten in dieser Weise heraus.

Die fixe Idee setzte sich in meinem zusammengeklebten Hirne fest, das auch einmal bei mir zu versuchen. Wie unter einem zwingenden

Bann hob ich meine rechte Hand, führte sie zum rechten Auge und begann mit dem Zeigefinger in der Ecke der Nasenwurzel am Auge zu bohren. So war nichts zu machen, ich wagte nicht stark zu drücken aus Furcht, das Auge mit dem Fingernagel zu verletzen. Ich umwickelte den Zeigefinger mit einem weichen Tuchlappen und setzte ihn wieder an der Nasenecke ein, den ebenfalls umwickelten Daumen von der Schläfe aus, drückte energisch, und »kllltsch« hatte ich das Auge zwischen den Fingern. Klopfenden Herzens entfernte ich das Auge vorsichtig ein wenig vom Kopf und konstatierte, daß der Sehnerv und die verschiedenen Muskeln wie Gummi nachgaben und die ganze Manipulation, wenn auch im Anfang etwas unbehaglich – ein Kältegefühl machte sich besonders bemerkbar –, so doch im allgemeinen völlig schmerzlos war.

Die Umwicklung der Finger störte und begann auch ein wenig zu scheuern. Ich feuchtete den Zeigefinger und Daumen der linken Hand reichlich mit Spucke an und nahm behutsam das Auge in diese Hand. Jetzt fühlte ich keinerlei Beschwerden mehr.

Ich wurde mutiger und führte das Auge um den Kopf herum, guckte mir ins Ohr, sah mir mal meinen Hinterkopf aus dichtester Nähe an, hielt das Auge dann über den Kopf und beschaute mich aus der Vogelperspektive. Das war ja fabelhaft. Ich wurde noch tollkühner und hielt schließlich das Auge mit ausgestrecktem Arm vom Körper ab. Die Dehnbarkeit des Nervs und der Muskeln schien unbeschränkt.

Nachdem ich mich von allen Seiten genügend betrachtet hatte, kam mir der geniale Einfall, auch mal die Mundhöhle ein wenig zu inspizieren. Ich steckte das Auge in den weitgeöffneten Mund und mußte als erstes zu meinem größten Verdruß auf diese Weise erfahren, in welch schamloser Weise mich mein Zahnarzt betrogen hatte. Goldplomben hatte ich bezahlt, und mit Zement hatte er die Zähne angefüllt. Schau an, das war also das Zäpfchen. Gott, wie nett! Ich schob das Auge ein wenig unter das Zäpfchen, um mal zu sehen, wo der Kehlkopf war, von dem man so viel Wesens machte. Na, das war ja eine höchst einfache Sache.

Mich interessierte das alles so intensiv, daß ich ganz vergaß, das Auge genügend zwischen den Fingern einzuklemmen. Auf einmal, flitsch, war mir das Auge fortgeglitscht und im Schlund verschwunden.

Voller Spannung, am ganzen Körper bebend, erwartete ich, wie sich das entwickeln würde. Wenn es brenzlig wurde, konnte ich ja immer noch das Auge an den Muskeln, die aus der Augenhöhle wie ein Bündel gestraffter Darmsaiten in meinem Munde verschwanden, zurückziehen, sagte ich mir. Vorläufig fesselte mich das Schauspiel in meinem Innern viel zu sehr, um diesem Genuß vorzeitig ein Ende zu machen.

Ein trautes, rötliches Halbdunkel herrschte hier. Man befand sich in der Speiseröhre, deren leichte, wiegende Bewegung das Auge allmählich weiterschob.

Dort das stampfende Ding links mußte das Herz sein, die große rasselnde und pustende Sache, die fast den ganzen Brustkorb anfüllte, wohl die Lunge. Es war ein gewaltiges Toben und Arbeiten hier drinnen, wie in der Halle eines modernen Fabrikbetriebes.

Immer weiter glitt das Auge abwärts, ich hatte so viel zu staunen, daß ich mir weiter keine Gedanken machte, wie das enden sollte, als ich plötzlich erschreckt auffuhr, da ich von einem Augenblick auf den anderen mit dem Auge nichts mehr sah. Gleichzeitig machte sich ein häßliches Sauggefühl und eine stechende Schärfe bemerkbar. O weh, da war das Auge in den Magen geraten! Siedendheiß überlief es mich. Jetzt würde ich wohl meine Neugierde mit einem verdauten Auge zu bezahlen haben. Ich versuchte krampfhaft, an den Muskeln das Auge aus dem Magen herauszuzerren. Vergebens! Die Muskeln längten sich wie Gummischnüre, weiter hatten meine Bemühungen keinen Erfolg. Das Auge blieb im Magen.

Plötzlich verspürte ich einen Stoß, und schon war die Dunkelheit einem Halbdunkel gewichen. Das Auge befand sich im Darm. Der Magen hatte es unverdaut von sich gegeben. Eine schauerliche Dämmerung herrschte im Darm. Unheimlich war es hier, lange nicht so schön wie im Brustkorb. Dazu ein unangenehmer, muffiger Geruch, die Wände glitschig und feucht. Tiefe Grabesstille, nur ab und zu unterbrochen durch ein fernes Glucksen. Der schwarze Gang schien schrecklichen Dingen zuzuführen. Eine Gänsehaut überlief das Auge. Mich packte das Grauen, und ich bereute dieses wahnwitzige Spiel.

In wellenförmigen Bewegungen, die ein der Seekrankheit ähnliches Gefühl hervorbrachten, glitt das Auge durch die unzähligen Windungen des Darmes weiter.

Halt! Was war das dort, das um die Windung glotzte? Das Auge stemmte sich angstvoll gegen die Darmwand und versuchte zu bremsen.

Ein schrecklicher, spitzer, fahlgelber Kopf streckte sich ihm aus dem Dunkel entgegen, und eine schleppende, schleimige Stimme fragte leise: »Ist da jemand?«

Ich zitterte vor Angst in Erwartung eines furchtbaren Dramas in meinen Tiefen.

Das Auge war im ersten Augenblick vor Schrecken sprachlos, faßte sich jedoch bald, ging auf die seltsame Erscheinung zu, machte eine tadellose Verbeugung und stellte sich vor: »von Auge!« Worauf es klebrig zurückklang: »Friedel Darmstädter, Bandwurm! Es ist mir eine große Ehre, Ihre Bekanntschaft zu machen, eine große, überaus große Ehre. Ich lege mich Ihnen zu Füßen. Womit kann ich Ihnen dienen? Sie müssen nur ein wenig Nachsicht mit mir haben, mein Verehrtester, ich fühle mich heute nicht so recht wohl. Es muß wohl am Wetter liegen, nichts will mir so recht schmecken.«

»Gott, das ist ja eigentlich auch kein Wunder in dieser Atmosphäre. Da wird ja ein Gesunder krank«, antwortete das Auge; »ich begreife Sie wirklich nicht, wie Sie es als ein Mann von Geschmack hier aushalten können.«

»Und Sie«, forschte der Bandwurm, »wollen Sie sich dauernd hier niederlassen?«

»Daß mich der Himmel bewahre! Nur auf der Durchreise, zum Vergnügen bin ich hier«, protestierte das Auge.

Dann fing das Auge an, von der Welt draußen zu erzählen. Von dem Jagen und Hasten der Menschen nach Gold und Ehren. Von dem hohen Lied der Uniformen und der besternten, goldgestickten Fräcke. Von der Zukunft, die allen denen offen stehe, die ein gütiges Geschick ohne Rückgrat auf die Welt kommen ließ. Wie positives Können überhaupt keine Rolle mehr spiele. Wie Lavieren, Scharwenzeln, Kriechen, Schleim fressen, Schwanzwedeln die einzigen Fähigkeiten seien, die zum Fortkommen erforderlich.

Ich war entsetzt über diese gehässige Gesinnung meines Auges.

»Wissen Sie«, wandte sich plötzlich das Auge an den aufmerksam zuhörenden Bandwurm, »ich verstehe Sie wirklich nicht. Sie passen draußen in die Welt hinein wie selten jemand. Was haben Sie hier, Sie kriechen und kriechen und bringen es zu nichts. Sie wedeln Schwanz und fressen Schleim und haben keinen Lohn davon. Sie gehören in die Welt, mein Lieber.«

»Sie haben gut reden«, klagte der Bandwurm und lehnte elegisch den Kopf an die Darmwand, »ich fühle mich dem Kampf ums Dasein, dem offenen Kampfe nicht recht gewachsen. Ich bin nicht mutig. Das liegt einmal nicht in meiner Natur.«

»Offener Kampf, mein lieber Freund«, das Auge war an den Bandwurm herangetreten und hatte die Hand auf seine Schulter gelegt, »offener Kampf. Mann gegen Mann, Einsetzen der Persönlichkeit, Ringen um sein gutes Recht – ja, da würden Sie recht weit mit kommen heutzutage. Hintertüren, Intrigen, Verleumdungen, Geschmeidigkeit, geistiger Meuchelmord, das sind so einige der Faktoren, die in Frage kommen. Aufgerafft! Ich schwöre es Ihnen, Sie sind der Richtige dazu, in der Welt sein Glück zu machen!«

»Ich fühle es ja selbst, daß ich zu Höherem geboren bin«, antwortete der Bandwurm selbstbewußt. »Dieses Streben nach oben liegt einmal in unserer Familie. Meine Eltern lebten noch in einem Schwein, während ich hier in diesem Menschen das Licht des Darmes erblickte. Aber Sie müssen zugeben, es ist immerhin ein Entschluß, eine sichere Existenz, die ich doch hier habe, aufzugeben. – Was ist das nur eigentlich«, unterbrach er sich plötzlich, »diese unangenehme Flüssigkeit, die mich schon seit heute morgen belästigt und wohl auch schuld an meinem Unwohlsein ist? Merken Sie nichts, Herr von Auge?«

»Ich kann da schlecht urteilen, weil mir die sonstigen klimatischen und diätischen Verhältnisse hier nicht bekannt sind. Aber das wird wohl der Trank sein, den der Besitzer dieses Bauches sich holen ließ und seit heute früh trinkt. Als ich die Augenhöhle verließ, war noch ein kräftiger Schluck in der Flasche, den dieser Mensch, soweit ich ihn kenne, bestimmt nicht in der Flasche lassen wird. Das nennen Sie also eine sichere Existenz, wenn Ihr Wohlbefinden, ich möchte fast sagen Ihr Lebensglück, so direkt abhängig ist von dem, was dieser Mensch ißt und trinkt. (Tout comme chez nous, dachte ich mir.) Ich begreife wirklich Ihre Unentschlossenheit nicht. Gott, mir persönlich kann das ja gleichgültig sein, was aus Ihnen wird. Ich an Ihrer Stelle wüßte, was ich täte.«

»Und was Sie mir da soeben alles sagten, ist die lautere Wahrheit? Sie treiben keinen Scherz mit mir?« Prüfend schaute Friedel Darmstädter das Auge an.

»Ich meine, die Angelegenheit ist wohl zu ernst zum Scherzen«, erwiderte dieses kalt.

»Und Sie bürgen mir für die Richtigkeit dessen, was Sie mir sagten?« Ein verachtungsvoller, niederschmetternder Blick des Auges ließen den Bandwurm bereuen, diese vorlaute Frage gestellt zu haben.

»Mit meinem Ehrenwort«, klang metallisch die Stimme des Auges durch den Darm.

Mit einer tadellosen Verbeugung gegen das Auge machte der Bandwurm kehrt und verschwand hinter der nächsten Biegung des Darmes.

Das Auge platzte los vor Lachen und hielt sich die Seiten. Den hatte es angeführt. Neugierig, wie nun einmal Augen sind, gab es den Stützpunkt, den es während der Unterhaltung mit dem Bandwurm an der Abzweigung zum Blinddarm gefunden hatte, auf und ließ sich durch die Muskelbewegungen des Darmes weiterbefördern, um doch zu schauen, wo der Bandwurm bleiben wurde.

Plötzlich machte sich ein frischer Luftzug bemerkbar, und mit einem Ruck befand sich das Auge im grellen Tageslicht.

Unter sich sah es eine Schale stehen, in welcher sich der Bandwurm hilflos wand. Ein böser Blick traf noch das Auge, dann legte er den Kopf auf die Seite und verschied. –

So, den Bandwurm wäre ich auf diese unterhaltsame Weise losgeworden. Jetzt war es aber auch an der Zeit, dem Spiel mit dem Auge ein Ende zu machen und es wieder an seinen alten Platz zu bringen. Leichter gesagt, als getan. All mein Zerren an dem Muskelstrang war erfolglos, das Auge rührte sich nicht vom Fleck. Ich versuchte es auf alle mögliche Weise zu lockern, es war unverrückbar festgeklemmt. Eine wahnsinnige Verzweiflung packte mich. Mit aufgerissenem Munde, um den Nerv und die Muskeln nicht zu verletzen, rannte ich laut stöhnend durch das Zimmer. Dieses ungewohnte Schauen nach zwei Seiten verwirrte mich. Ich wußte nicht recht, ob ich vorwärts oder rückwärts gehen sollte. Eine furchtbare Angst vor mir selber packte mich. Ich mußte unter Leute. Ohne an das Seltsame der Situation zu denken, rannte ich blindlings wie von Hunden gehetzt nach unten zur Wirtin und streckte ihr stumm den Körperteil entgegen, den man sonst im allgemeinen Damen nicht darzubieten pflegt, und wies verzweifelt auf mein Auge, das flehend von dieser ungewohnten Stelle in die Welt schaute.

Laut kreischend floh die Wirtin und stürzte ins Dorf. Und nicht lange dauerte es, so kamen aus allen Richtungen mit Dreschflegeln,

Sensen, Knüppeln die Bullenbacher Bauern herbeigeeilt, um die der Wirtin zugefügte Schmach auf der Stelle zu rächen.

Ich war wieder hinaufgestürzt in mein Zimmer, hatte die Tür fest verriegelt und mit Möbelstücken verbarrikadiert. Zitternd stand ich am Fenster hinter den Gardinen und beobachtete die Zusammenrottung meiner Feinde. Furchtbare Drohungen wurden ausgestoßen. Der Haß eines ganzen Dorfes war entfesselt.

Plötzlich zerschmetterte ein Ziegelstein mein Fenster und flog dicht an meinem Kopf vorbei ins Zimmer. Ich verkroch mich in den äußersten Winkel des Zimmers. Töten würden sie mich, wehrlos erschlagen. Doch halt! Ich hatte doch meine beiden Browning-Pistolen irgendwo in meinem Koffer. Bebend durchwühlte ich den Kofferinhalt. Donnernde Schläge fielen gegen die Tür. So leichten Kaufs sollten mich diese wilden Tiere nicht erschlagen. Die Errungenschaften moderner Technik in Gestalt meiner zehnschüssigen Brownings hatte ich ihren primitiven Waffen entgegenzusetzen.

Krachend fiel die Tür ins Zimmer, und über die umgestürzte Möbelbarrikade stürzte die Schar herein. In jeder Hand eine Browning, nahm ich mir die beiden ersten aufs Korn. Ein baumlanger Mensch, der gleiche, der mir seinerzeit beim Kartenspiel den Bierkrug um den Kopf geschlagen hatte und jetzt mit einem wutverzerrten Gesicht und einer Sense auf mich eindrang, und ein untersetzter, stiernackiger Bursche, der damals mit dabei gewesen, als man mich im Walde so verhauen hatte, und nun bestrebt war, mir mit einem Dreschflegel die Hirnschale zu zertrümmern, fielen mitten ins Herz getroffen zu Boden. Schuß auf Schuß aus meinen guten Brownings. Mann auf Mann traf das tödliche Blei. Aber immer neue Kerle traten an ihre Stelle, unaufhaltsam wälzten sich die Feinde die Treppe herauf. Nur noch zwei Schuß waren mir geblieben, in jeder Waffe noch einer. Danach war ich verloren. Ich hatte mich wacker gehalten.

Plötzlich bemerkte ich mit dem deplazierten Auge, daß ein krummbeiniger, kleiner Kerl versuchte, mit einem langen Messer von hinten heimtückisch gegen mich vorzudringen. Gleichzeitig bedrängte mich von vorne ein Mensch, dessen Augen blutunterlaufen waren, mit einer Mistgabel. Die Linke mit der Browning nach hinten gerichtet, die andere Browning in der vorgestreckten Rechten, die beiden Schurken aufs Korn genommen – und aufschreiend wälzten sie sich in ihrem Blute.

Entsetzt über meine Aktion in zwei Fronten wichen die Angreifer, wie vor einem schauerlichen Spuk, vor mir zurück und ergriffen die Flucht.

Ich war gerettet.

Ich kletterte über die Leichen weg und verließ, nur in einen Havelock gehüllt, voller Schaudern diese Stätte des Blutes.

In dem Landstädtchen, das ich nach qualvollem Umherirren erreichte, war es mein erstes, einen Arzt aufzusuchen, um das Auge wieder einrenken zu lassen. Alle seine Bemühungen waren indessen vergeblich. Ich wandte mich an die bedeutendsten Professoren, aber auch deren Kunst war nicht imstande, mir zu helfen. Das Auge blieb an der so ungeeigneten Stelle. Der einzige Ausweg wäre ja Abschneiden der Muskeln gewesen, aber dazu konnte ich mich nicht verstehen. Man verliert doch nicht gern ein Auge.

Ich ließ mir zwei Schneidezähne aus dem Unterkiefer ausbrechen und legte in die entstandene Lücke den Muskelstrang, der auf diese Weise nicht mehr Gefahr lief, beim Sprechen oder Essen verletzt zu werden.

Dann lernte ich zu meinem Glück eines Tages meinen jetzigen Chef, Herrn Barnum kennen, der mich sofort mit einem Monatsgehalt von 10 000 Dollar auf Lebenszeit für sein Unternehmen verpflichtete.

Erst wurde ich mit Rücksicht auf die delikate Art meiner Abnormität in einer Extraabteilung nur einem Herren-Publikum gezeigt. Als aber Herr Barnum auf die glückliche Idee kam, mir diese rote Samthose machen zu lassen, in deren Hosenboden ein Loch geschnitten ist, gerade groß genug, das Auge, aber auch nur das Auge, sichtbar zu machen, wurde ich eine dezente Schaunummer, zum Besuch für Familien und Schulen geeignet. Leider bemerke ich seit einiger Zeit, daß ich auf dem deplazierten Auge ein wenig kurzsichtig werde, aus welchem Grunde ich mich beim Lesen eines Monokels bediene.

Das ist meine Lebensgeschichte. Die Vorstellung ist zu Ende. Ich bitte neuen Besuchern Platz zu machen und unser Unternehmen in Freundes- und Bekannten-Kreisen geneigtest zu empfehlen.